「男の本当の快感は、
限界を越えた先にあるんだ。
音を上げるのはまだ早い」
「ひ……っ、う…ぁあっ！」

恋より微妙な関係

妃川　螢

この物語はフィクションであり、実在の人物・団体・事件等とは、いっさい関係ありません。

Rose Key BUNKO

CONTENTS

恋シリーズ キャラクター相関図

杉原《すぎはら》 主視《かずみ》
KMコンストラクション社長秘書室長。筆頭秘書として、公私に渡って社長である異母弟の国嶋をサポートしている、知的なクールビューティ。仕事は有能だが、家事能力は…。

世話したいけど…。

異母兄弟

国嶋《くにしま》 一獅《かずし》
KMコンストラクションの社長。秘書で異母兄の主視のもと、社長業に懸命に取り組み実績を上げている。

居候、転がりこむ

超ジャマ！でも気になる

犬飼《いぬがい》　敬篤《たかあつ》
怪我をしたところを杉原に助けられる。基本的に飄々としたところのある男。艶かしい杉原に興味をそそられ、手を出してしまい……。

リッキー
ジャーマンシェパードドッグ。犬飼の傍に付添う、とても利口な犬。なかなか甘えてくれない理由は？

シリーズ第一弾『恋がはじまる』

鷲崎《わしざき》　天胤《たかつぐ》
ペット産業最大手企業WAC の代表取締役。二代目社長でWAC急成長の立役者とまで言われているやり手。強面だが、可愛いものが好きで大の動物好き。

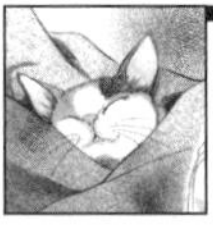

鷲崎家でいい子にしています

鷲崎　ミケ
野良の三毛猫。雌。《はるなペットクリニック》に運び込まれ、依月と鷲崎のキューピッド役に。

榛名《はるな》　依月《いつき》
榛名家次男。獣医学部を卒業し、国家試験に受かったばかりの新米獣医師。一人前の獣医になるべく修業中。獣医だった亡父の背を見て育ち、優秀で気丈な兄に憧れる。

恋人へのプレゼントでアレンジメントを購入

シリーズ第三弾『恋におちたら』

榛名《はるな》　皇貴《こうき》
榛名家三男。獣医学部に通う大学生。兄ふたりに目いっぱい可愛がられて育ったため、極度のブラコン。学業の隙間に受付事務や雑用などの手伝いをしている。特技は家事一切。

水嶌ヴァナディース
通称：ヴァナ。豪奢な毛並みが自慢の、ノルウェージャン・フォレスト・キャットの雌。

水嶌《みずしま》　円哉《まどか》
キャット・カフェ《Le Chat（ル・シャ）》のオーナー店長。10匹のホスト猫とともにひとりで店を切り盛りする。その実、意地っ張りで強がりで喧嘩っぱやい一面も。

シリーズ第二弾『恋をしただけ』

鳳《おおとり》　劔誓《あきちか》
元ナンバーワンホストで、今は飲食店などを何軒も経営する青年実業家。静己の大学の同級生で十年来の親友。実はさる名家の次男坊。

果物が好物です

鳳　アビィ
食肉目イヌ科フェネック。砂漠に住むキツネの一種。牡。おおよそ10歳。静己と鳳を引き合わせるきっかけをつくる。

榛名《はるな》　静己《しずき》
《はるなペットクリニック》の院長。榛名三兄弟の長兄で榛名家の家長。クールな美貌の持ち主で、凄腕の獣医。

シリーズ第四弾『これが恋というものだから』

国嶋《くにしま》　一獅《かずし》
KMコンストラクションの社長。未咲とは高校時代の同級生で偶然再会する。父親との仲は険悪だが、社長業に懸命に取り組み実績を上げている。

花屋の招き猫

來住野　ライ
白毛に青い目の日本猫。牡。《フルール・ド・ミサキ》の店頭の椅子が定位置。

來住野《きしの》　未咲《みさき》
花屋《フルール・ド・ミサキ》のオーナー店長。姉とふたり力を合わせて新装開店させたばかり。花屋としてのセンスは一流で仕事も早い。

お花を届けてます☆

イラスト・実相寺紫子

恋より微妙な関係

1

自分は決してトラブル体質ではないはずだ。

三十年あまりの人生、勤勉とばかりはいえないものの、社会秩序を乱すような生き方はしてこなかったと自負している。

手前味噌《みそ》ながら、異性はもちろん同性にも訴えかけるところの大きい、美しいと形容される容姿を最大限利用して、契約の数字を上乗せしてみたり、取れないはずの仕事を取れるように画策してみたり、政治家や官僚に取り入って、えげつない妨害工作をしかけてきたライバル社を蹴《け》落《お》としてみたりなんてことも、ときにはしているが、そんなものは二十四時間戦う企業戦士にとって日常であり、咎《とが》められるいわれはない。

鈍感なタイプではない。それどころか目端は嫌になるほど利く。察したくないことまで察してしまって、自分の頭の回転のよさが恨めしくなる場面も多いくらいだ。よって、危険を察知する能力にも長《た》けている自負がある。

日ごろの行いを反省したくなるような事態に巻き込まれる覚えもなければ、危険を承知でわざわざ巻き込まれに行くような酔狂さも持ち合わせてはいない。

だから、今現在なぜ自分がこんな事態にみまわれていなくてはならないのか、まったくもって理解できない。

わかっているのは、足元に行儀よくお座りする大型犬の存在と、自分を煤《すす》けた壁に押さえつける無遠慮な男の背後を駆け抜けていった実にわかりやすく犯罪者面《づら》をした一団と、そして、恩を仇《あだ》で返してくれた目の前の男の存在。

図々《ずうずう》しいことに、断りもなく自分の唇を奪い、壁に押さえつけて離れない大柄な男。

こいつをどうしてくれようかと、思案を巡らせる前に再び鼓膜に騒々しい足音が届く。それにピクリと男の肩が反応した。

——なんだ？

言葉を奪うように合わされた唇は、それ以上踏み込んでこようとはしない。

腰を抱く腕の力強さとはうらはらに、半ばのしかかる大きな体軀《たいく》は、どこか奇妙に頼りなく、こちらに体重をあずけてきている。

接待相手を、送り届けた直後のことだった。車に戻ろうと大通りに出る途中、人の呻《うめ》きのようなものを聞いたのは。

厄介ごとは御免だと思っても、人道に反することはできない。ただの酔っ払いや浮浪者ならスルーだが、怪我《けが》人や病人なら一一九番通報する必要がある。それくらいの良識は持ち合わせている。

そう思って、路地を覗《のぞ》き込んだ。

薄暗いなかに捉えたのは、蹲《うずくま》る人と思《おぼ》しきシルエットと、それに寄り添う大型の獣のシルエット。

その獣が、首輪をした犬――ジャーマン・シェパード・ドッグであることにまず気づき、それから蹲る大柄な男の顔色が蒼白《そうはく》であることに気づいた。

散歩途中に体調が悪くなったのだろうか。

夜遅い時間に犬の散歩をする人は少なくない。特に、都会に住む人の生活時間はさまざまだ。

様子をうかがいつつ歩み寄って、声をかけた。「大丈夫ですか?」と、「どうかなさいましたか?」と。

犬は、よく躾《しつ》けられているのか、吠《ほ》えることもなく、かといって尻尾《しっぽ》を振るわけでもなく、ただじっとしていた。

呼びかけに応えるように男がゆっくりと顔を上げて、そこに見た眼光の鋭さに気圧《けお》され、一瞬言葉を失った。暗がりのなかでも、闇《やみ》を見据える獣のように、その目は爛々《らんらん》と剣呑《けんのん》な光を宿している。

ゾワリ…と全身が総毛立って、首筋が震えた。――と、思った次の瞬間、グラリと男の身体《からだ》が前に倒れてきて、反射的に両腕を差し伸べていた。

声をかけようとした。

だが、できなかった。

発しかけた言葉を遮るように、唇を塞《ふさ》がれたからだ。直後、バタバタと騒々しい足音が近くを駆け抜けた。

ただの変質者だったのかと、瞬間的に過《よぎ》った思考は鼓膜が拾った足音の物々しさに押し流されたものの、だからといって不埒《ふらち》を働かれている事実に変わりはない。

そして今現在。

さてどうしたものかと、思考をフル回転させているわけだが、これといって上手《うま》い手立ては浮かんでこなかった。

すると、唇が離れ、低い呟《つぶや》きが落ちてくる。

「――くそっ、しつこいやつらだ」

「おいっ、おまえ、いったい――」

不埒な行為に対する詫《わ》びの言葉もなく、意味不明な内容を耳元で毒づかれて、プチッとコメカミあたりで何かが切れた。

だが、それを咎めようとする声は、再び口づけに塞がれる。高い鼻梁《びりょう》がブリッジに当たって、細縁の眼鏡《めがね》がずれた。

「悪い、騒がないでくれ」

「な……っ、……んんっ」

今度は舌まで差し込まれ、罵声《ばせい》を喉《のど》の奥へ押し戻される。

このやろう……っ！　と胸中で毒づいたときだった。再び、あの剣呑な足音が鼓膜に届いたのは。

『おい、見つかったか？』

『いや、駄目だ』

『あの野郎、どこへ隠れやがった!?』

『ちくしょう！　なんで俺らが尻拭《しりぬぐ》いしなきゃならねぇんだよっ』

『ブツブツ言う前に捜せ！』

全部で四、五人だろうか。何かを捜している様子だ。それが目の前の男であることは、先に男が零《こぼ》した呟きに状況を加味すれば、容易に推察可能だった。

その足音が、徐々に徐々に遠のいていく。

どのくらいの時間が経《た》っただろう。三十秒か一分か、はたまた五分だったのか。

耳に届くのが、車の行き交う音を主とした、街に生まれるごくあたりまえの生活音のみになってしばらく、おおいかぶさっていた肉体が身じろいだ。

「……っ」

漏れたのは、低い呻き。

「おい？　おまえ、いったい何――」

　こちらはたまたま通りがかっただけなのだ。妙なことに巻き込まないでほしい。

　とりあえずこの手を放せ！　と肩を押したところ、思いがけずあっさりと男の身体が離れて、逆につづく言葉を失った。

　なんだ？　と思ったときには、視界をおおっていたものが消えていた。

　ふいに開けた視界の端で、何かが動く。犬だ。犬が、腹を抱えて蹲った男の傍らに擦り寄ったのだ。

「おい？」

　恐る恐る視線を落とす。動かない男の傍らに寄り添う犬が、救いを求めるように顔を上げた。

「なんだ…よ、おい？　おまえ……怪我？」

　ずれた眼鏡を直し、男の傍らにしゃがみ込む。

「騒ぐ…な……」

　またやつらが戻ってきかねないと毒づく。その声に荒い呼吸が混じるのを聞き取って、ただごとではないと察した。

「腹？　肩も？　殴られたのか？　まさか、刺……」

　刺されたなんて、犯罪以外の何ものでもない事態はさすがにないだろうと思いつつも、たしかめようと男のジャケットの襟に手を伸ばす。

だが、合わせを開く前に大きな身体がグラリと傾《かし》いで、怪我の状態をたしかめるどころではなくなった。

「おい？　おいっ!?」

必死に支えて呼びかけても、反応がない。鼓動は聞こえるから死んではいないようだが、昏《こん》倒《とう》したことは間違いない。

どんな事情があるにせよ、こんな状態の人間を放って立ち去ることはできない。

慌てて胸ポケットを探り、携帯電話を取り出した。一一九番を押す。

だが、通話ボタンを押すことはできなかった。それまでおとなしくしていた犬が、いきなり襲いかかってきたからだ。

「やめろ！　何をする……、おい……っ」

犬に押されて、胸に受け止めた男ごと背中から地面に倒れ込んでしまう。尻餅《しりもち》をつきつつも、怪我人の身体を庇《かば》った。

「痛……っ、なんだよ……っ」

だが犬は、ただ襲いかかったわけではなかった。携帯電話を奪い取ると、前肢《まえあし》で地面に押さえ込んでしまったのだ。

「な…に、して……」

いい子だから放すんだ。それは玩具《おもちゃ》じゃない。

昏倒した男の身体を支えながら、懸命に言い聞かせる。犬を飼った経験はないが、シェパードは利発な犬種だと聞くし、簡単な言葉くらいなら理解するだろう。

「おまえの主人が怪我してるんだぞ？　早く治療しないと……っ」

獣相手に懇々《こんこん》と言い聞かせようとして、ハタとある疑念が湧《わ》いた。

それまでおとなしかったのに、急に飛びかかってきた犬。奪われ、その前肢に押さえ込まれた自分の携帯電話。

「……」

まさか……と思いながらも、黒いつぶらな瞳を見つめる。

「……おまえ、通報するなって言ってるのか？」

いくらシェパードが利口だといっても、そこまで……と、目を瞠《みは》る。だが、杉原《すぎはら》の口から紡がれたのは、頭に浮かぶ疑念とは正反対の言葉だった。

「病院に連れていかないと、どんな怪我かわからないだろう？」

ありえないと思考の片隅で考えているくせに、犬相手に本気で言い聞かせようとしている自分が不思議だった。なのに、言葉はあたりまえのように紡がれる。

「返せって言って……」

口で言ってわからないならと手を伸ばすと、片肢で携帯電話を後ろへ放り、移動してその上に座り込んでしまう。まるで「返さない」と意思表明をしているかのようだ。

「なんなんだ、おまえ……」

まさか本当に、一一九番しようとしていることを理解していて、止めようとしているわけもなかろうに……。

「おまえ、犬だろ?」

そんなことまで、わかるはずがない。

「言うこと《コマンド》」は聞いても、それ以上なんて……。

——いくらなんでも……。

アニメや漫画の世界でもあるまいし。

だが、そんな常識的な考えが、やがて意味のないものに思えはじめて、細縁の眼鏡の奥、杉原は長い睫《まつげ》に縁取られた涼やかな瞳を瞬いた。

「まさか、ホントに……?」

地面に座り込んだ自分とほぼ同じ目線にある黒い目を見つめることしばし、それは確信となってストンッと胸に落ちてくる。

悪人面したチンピラたち、その追っ手から逃げる男、昏倒した男に寄り添う利発な犬。

いずれも厄介であることに違いはない。

巻き込まれるのは御免だ。御免ではあるが、どれを信じるのかと言われたら、出てくる答えはひとつだった。

「わかったよ。通報はしない。だから、ケータイを返してくれ」

獣相手とバカにせず、真摯《しんし》にお願いをする。

利発そうな犬の黒い瞳に浮かぶ忠義を、それを感じ取った自分の感覚を、信じてみることにしたのだ。

すると賢そうな顔をした大型犬は、小さく鼻を鳴らして、地面に押さえ込んでいた携帯電話を咥《くわ》えた。それを差し出した手に落としてくれる。

それまでの態度が嘘《うそ》のような従順さ。さっきまでは獣相手と侮《あなど》っていた。それを見抜かれていたのだと理解する。

「嘘はつけない、か。おまえ、頭いいんだな。人間の言葉、全部わかるのか」

すごいな…と、素直な感嘆を漏らしつつ、倒れ込んでいた地面から身体を起こす。

「でも、このままにはしておけないから、おまえの主人を運ぶの、手伝ってもらうよ」

自分よりひとまわり以上大柄な男の身体を支えつつ、犬に言葉をかけた。

巻き込まれるのは御免だという気持ちがないわけではないが、よく躾けられた犬がこれほどの忠義を誓う相手なのだ。悪人ではないだろう。何より、この犬に興味が湧いてしまった。特別動物好きというわけではないはずなのに。

さて、この大きな荷物を、どうやって運んだものか。引き摺《ず》るよりなさそうだが、怪我の具合はどうだろう。

「少し先に車を停《と》めてるんだ。近くまで移動させるから、それまでいい子にしてられるよな」

男の下から這《は》い出し、お行儀よく座る犬の頭に手を伸ばす。

「クゥン」

本当に人間の言葉を理解しているらしい。かけられた言葉に頷《うなず》くように、大きな犬は鼻を鳴らした。


杉原主視《かずみ》は今現在、腹違いの弟が社長を務める会社で、社長秘書室長の肩書きを担っている。母が父と離婚したのは杉原がまだ幼いころで、そのあと父が再婚し、その相手との間に異母弟が生まれた。

少々腹雑な家庭環境ではあるが、兄弟は幼いころから交流を持っていた。弟は兄に懐いたし、杉原も腹違いとはいえたったひとりの弟をこれでもかと可愛がった。

だが、お家騒動に陥る危険性も考慮して、父親の事業にかかわる気持ちはこれっぽっちも持ってはいなかった。

業界内ではそれなりに名前が知られるほどの規模に成長を遂げていたとしても、所詮《しょせん》は親族経営の会社だ。世代交代時には、決まってゴタゴタが起きる。

仕事のために父親と離婚した実母に似て、クールな性質の杉原は、実父の資産にも事業にも取り立てて興味はなく、一歩引いたところで、それでも弟の心配だけはしていた。

そんな杉原がなぜ社長秘書などしているのかといえば、思春期に入ったあたりから父親と折り合いの悪くなった弟の面倒を見ているうちになんとなく……としか説明のしようがない。

父と弟の間に入って両者の言い分を聞くうちに、痺《しび》れを切らした父に事業を継がされそうになり、それだけは御免と、口八丁手八丁で弟を口説いて――〝騙《だま》して〟の間違いではないかという声も一部あったりするが――社長に据えた。

自分は参謀タイプであってトップに立つ器ではない。反対に弟は、たしかにトップたる器量を持っている。まだ若いから、少々暴走しがちだったり足元がおぼつかなかったりはするものの、もう数年かすれば落ち着いて、業界のリーダー的存在になることだろう。

この自分がサポートしているのだから当然だと杉原は思っている。

弟のため、会社のため、果ては自分の給料のため、社長に奉《まつ》り上げた弟に布《し》いたイメージ戦略は完璧《かんぺき》だ。それをサポートするために、自分自身を貢ぎ物にすることも、杉原は厭《いと》わない。

もちろん、妙なところで潔癖な弟には知られないように注意しているが。

父の代には《国嶋《くにしま》建設》を名乗っていた会社を、弟の社長就任とともに《KMコンストラクション》と社名変更し、以来業績は右肩上がり。口さがない人間たちに、影の副社長とまで言われる杉原の手腕がそれに一役買っていることは間違いのない事実だ。

並の女性なら隣に立つ勇気も湧かないだろう派手な美貌《びぼう》を、細縁眼鏡とサイドに緩く流したヘアスタイル、控えめな色合いではあるものの質のよさがうかがえるオーダーもののスリーピースというストイックなアイテムに隠し、スレンダーな体軀からは一見して想像もつかない迫力と威圧感をともなって社長の背後に付き従う存在。

そんな杉原に目を留めない者はいない。同業他社のトップや重役、許認可を下ろす側にある役人、地元行政に発言力を有する大物政治家まで。杉原に興味を抱く好事家《こうずか》はあとをたたない。

参謀というのは汚れ役だ。そんな自分を、杉原は楽しんでいる。裏舞台を覗き見る快感を知ってしまったら、薄っぺらな倫理観も道徳観念も、役には立たない。

本物と見紛《みまが》う舞台装置の裏が実は安いベニヤ板だったとか、目に眩《まぶ》しい金塊の山が実はメッキだったとか。そんな話は、業界裏にうじゃうじゃ転がっている。

美しい側面だけを見ていればいい人間もいる。けれど、それだけでは物足りないと感じてしまう人間もいる、ということだ。

しかし、だからといって別に、日常に退屈しているとか、スリルを求めているとか、そういうわけではない。仕事に関して言えばもちろん将来的な展望は持っているけれど、概《おおむ》ね現状に満足している。

厄介ごとを抱え込む気もなければ、正体不明の男が非日常をもたらしてくれるのではないかなんて妄想するほど欲求不満でもない。

よって、今現在、目の前で展開されている光景はひじょうに理不尽なものであり、なおかつ自分自身への困惑を深める状況以外の何ものでもなかった。

仕事帰りに、怪我をした正体不明の男を拾った。しかも犬つき。

その男は今、杉原のベッドを占領して、死んだように眠っている。怪我がひどくて昏睡《こんすい》状態に陥ったわけではない。肉体的限界に達したらしく、糸が切れたように眠り込んでいるのだ。

あの状況ではほかにどうすることもできず、部屋に連れ帰って、とりあえず怪我の治療を、と思ったら、一時的に意識を取り戻した男は、まず水を要求し、それから犬にも水と餌《えさ》をやってほしいと訴えて、最後に救急箱はあるかと訊いた。

据わりきった目をした男は、唖然《あぜん》と見守る杉原の前で、着ていたものを毟《むし》り取るように脱ぎ、救急箱を漁《あさ》って、勝手に治療をはじめた。

手際がよくて驚いた。しょっちゅう怪我をしていて慣れているのか、もしくは医療の知識があるのか。

殴られた痣《あざ》やナイフで切られたような傷が身体中にあったが、脇腹《わきばら》と腕につけられたもの以外はどれもさほど深い傷ではなかったようで、ひと通りの治療を自分で済ませてしまった。背中にできた傷の治療には手を貸したが、杉原がしたのはそれだけだ。

腹を抱えていたから、腹部を刺されたのかと思っていたのだが、どうやら違ったらしい。だが身体を捩《よじ》るたびに呻いていたから、もしかしたらアバラが数本折れているのかもしれない。

そして、「絶対に警察には通報するな」と、それだけ言って、男は再び昏倒した。

驚いて腕を差し伸べた杉原の耳に届いたのは、深い寝息。

ガックリと脱力すると同時に、張りつめていた緊張感がプツリと切れた。

ベッドサイドで呆然《ぼうぜん》と佇《たたず》むことしばし。深い深いため息とともに思考回路を復活させた杉原の目にまず最初に飛び込んできたのは、自分を見上げる黒々としたつぶらな目だった。


「なんでこんな得体の知れないものを拾ったんだろう……」

思わず零れたのは本音。

緊急時の対処能力には長けていると自負していたのだが、もしかして自分は、自身がそうと自覚する以上にパニックに陥りやすい体質なのだろうか。違うと思いたいが、目の前の光景がそれを否定する。

男が脱ぎ捨てたジャケットは、いたるところ擦りきれ汚れていて、もはや使いものになりそうにない状態だった。それでも一応はクリーニングに出しておくかと拾い上げる。

　すると、意外にもしっかりとした手ざわりの生地で、杉原は「おや？」と首を傾げた。かなりの高級品かオーダーもののように感じられたのだ。もしかしてと、内ポケットのところを確認すると、やはりあった。

「T.Inugai……イヌガイ？」

　刺繍《ししゅう》で、名前が縫い込まれている。これが、この男の名前なのだろうか。逃走途中で他人のものを手に取ったという可能性も否定はできないが。

　名前がわかったところで、胡散《うさん》臭いことに変わりはない。再びため息をつくと、小さく鼻を鳴らす音が聞こえた。

「おまえのことじゃないよ」

　ベッドの傍らに、お行儀よく座る大型犬に視線を落とし、苦笑する。

「まずはおまえに餌と水をやらなきゃな」

　とはいっても、この部屋にドッグフードの買い置きなどない。しかたなく、マンションの一階に入っているコンビニまで買いにいく。その餌を、使っていない食器に移して、水とともに犬の前に置いた。

「この量でいいのかな。いい子で食べてろよ」

　言い置いて、自分はバスルームへ。

男には煤けた壁に押さえつけられ、犬には飛びかかられて地面に尻餅をつき、全身が埃《ほこり》っぽくて気持ち悪い。

シャワーの湯に打たれてひと息つき、全身を清めたあとで、温《ぬる》めの湯に浸《つ》かった。お気に入りの入浴剤を入れて、ゆったりと一日の疲れを落とすのだ。

奇妙な状況に追い込まれながらも、それほど動揺していない自分を訝《いぶか》りつつ、男の正体についてあれこれ想像してみる。

迫力のある目つきといい、素人の可能性は低そうだ。足抜けしようとして追われている極道とか、組織の金を横領して逃げているチンピラとか……いや、チンピラには見えない。どう見ても幹部クラスだ。だとすれば仲間割れとか？

いずれもありえないわけではないが、頭に浮かぶどれもが現実離れしていて、しっくりとはまらない。

「ドラマじゃないんだから」

そんな独り言を呟いて、そういえば……と、思い至る。

「いい身体、してたな」

服を着ているときはスレンダーに見えたのだが、治療のときに上半身を曝《さら》した男の肉体は、実に見事に鍛え上げられていた。無駄のない筋肉は、スポーツジム通いでつくられた見せるためのものではなく、武道か何かで鍛えたもののように杉原の目には映った。

――用心棒とか？

それこそ映画の観すぎだ。

「ま、いいさ」

男が目覚めたら、白状させればいいことだ。素直に口を割るかどうかはわからないが、多少なりとも情報は得られるだろう。明日の朝には、きっと意識も戻るはず。

杉原のなかで、ひとつの問題にケリがつく。だが、風呂から上がった杉原を待っていたのは、予期せぬ困惑だった。

「なんで食べないんだ？」

犬に与えた餌も水も、減っていなかったのだ。水と餌をやってくれと、男は言ったのに。

餌が気に入らないのかと思って、一緒に買ってきた別のメーカーのものに替えてもダメだった。

素人ながらに思いつく限りのコマンドを与えてみても、黒い瞳でじっと見上げるものの、それだけ。

「おい、おまえ……って、名前聞いておけばよかったな。何が気に入らないんだ？」

知らない人から物をもらってはいけません、と厳しく躾けられている子どもでもあるまいし。というか、人間の子どものほうが、よほど欲望に忠実だ。

長い顔をぐいっと摑《つか》んで正面に向かせ、じっと黒い目をうかがっても、応《いら》えが返されるわけもない。だがこの犬は人間の言葉を理解できるのだから、杉原が何を訊《き》いているのか、わかっているはずなのに……。

「主人を助けるためには言うことを聞けても、それ以外はダメなのか？」

男が昏々《こんこん》と眠るベッドの傍ら、しゃんと背筋を伸ばして――いるように杉原の目には映る――座ったまま、犬は動こうとも、餌を食べようともしないのだ。

犬といえば、近所を散歩する姿を見かける愛玩犬《あいがんけん》くらいしか思いつかない杉原には、どうしたらいいのか見当もつかない。シェパードという犬種は、みんなこんななのだろうか。たしかに、この精悍《せいかん》な顔立ちの犬が、よく見かける愛玩犬のように、尻尾を振ったり腹を見せて甘えたり…なんて光景は、犬を飼った経験のない杉原には想像もつかないけれど。

撫《な》でても耳をいじっても尻尾を摑んでも、怒ったり吠えたりしないかわりに、反応らしい反応も示さない。

「遠慮することないんだぞ？　おまえの主人に頼まれてやってることなんだから」

どれほど言い聞かせても、結局ダメだった。

ガウン姿で床に座り込み、犬と対峙《たいじ》することおよそ一時間、杉原はとうとう匙《さじ》を投げた。

「もういい。好きにしろ。俺は寝る」

杉原も、いいかげん限界だったのだ。

フラフラと、倒れ込むようにソファに横になって、クローゼットから持ち出してきた予備のブランケットをかぶる。怪我人にベッドを提供したから、ソファしか寝る場所がなくなったのだ。このマンションには客間もなければ客用の布団もない。

落ちるように眠りについた杉原を、開け放たれたベッドルームのドアの向こうから、ふたつの目が見つめていた。ただじっと主《あるじ》のコマンドを待つ、忠義な獣の瞳が。

2

昼間、キリリと隙《すき》のない姿を見せているせいか、そうは思われにくいのだが、実は杉原《すぎはら》は寝起きが悪い。

朝はギリギリまで寝ている。朝食は、もう十年以上摂取した記憶がない。いつもコーヒー一杯だけだ。

杉原の出社時間は、社長はもちろん、ほかの社員よりも早い。社長が出勤してくる前に、その日のスケジュールを確認して、会議や打ち合わせの資料がちゃんと揃《そろ》っているか、最終的なチェックをしなければならないからだ。

だからこそ、睡眠時間はギリギリいっぱいまで確保したい。

ゆえに、安眠を妨げられることを極端に嫌う。ベッドをともにする相手とも、一緒に朝を迎えたためしはない。終わったら、さっさと帰って、ひとりで寝る。情緒がないと言われても、杉原はそういうタイプなのだ。

まだ目覚まし時計は鳴っていない。

なのに今、杉原の意識は覚醒《かくせい》に向かって浮上をはじめている。

――なんだ……？

なんだか、擽《くすぐ》ったい。

夢現《ゆめうつつ》にも、五感が、過去に経験のない感触と匂いと音を拾って、杉原は眉根《まゆね》を寄せムッツリとした顔で、長い睫に縁取られた白い瞼《まぶた》を瞬かせた。

その上に、なぜか濡《ぬ》れた感触。

ペロリと、生暖かい、やわらかい何かが、杉原の顔を撫でた。

「な……ん……？」

うっすらと目を開けると、視界には黒い何か。胸の上に、重みがある。引き上げようとしたブランケットは奪われ、床に落とされた。

「……！」

ビックリしすぎて、飛び起きることもできなかった。朝から実に心臓に悪い。

見開いた視界には、黒くて長い顔。黒いつぶらな目がふたつ。

胸の上には、まるで「起きろ」と杉原の身体を揺すっているかのように置かれた、前肢。そして、床に落とされたブランケット。

「おま……え……」

杉原を起こそうとしていたのは、昨夜拾った犬だった。

起き抜けの思考の停滞した頭が働きはじめるには、少しの時間を要する。なかなか起きようとしない杉原に焦《じ》れたのか、犬は、鼻先を杉原の腕の下に突っ込んで、まるで背中を起こすように力を入れてきた。

「お、おい？」

強引に起こされて、そしてハタと気づく。ソファを飛び降り、寝室に駆け込むと、思ったとおり、昨夜犬と一緒に拾った男が目を覚ましていた。

どうやら少し前に目覚めていたらしい、男の意識はすでにしっかりしていた。犬が勝手に杉原を起こしたわけではなく、男がコマンドを与えたのだ。

ベッド脇で、横たわる男の顔を見下ろして、数度の瞬《まばた》き。

「いきなり記憶喪失、なんて言わないよな？」

「大丈夫だ。全部覚えてる」

ベッドの端にそっと腰を下ろし、発熱をしていないか、男の額《ひたい》に手を当ててたしかめつつ問うと、目を細め、応えを返す。

それから男は、「リッキー」と、杉原の背後に呼びかけた。力が入らないのだろう、語尾が掠《かす》れた声は、耳に心地好《よ》い甘さを含んでいる。

男の呼びかけに応じるように、これまで「クゥン」としか鳴かなかった犬が、「ワンッ」と吠えた。

「おまえ、リッキーって名前だったのか」

お行儀よくベッドの傍らに座る犬の首を撫でてやって、それから男に視線を戻す。

「で、あんたは？　イヌガイさんでいいのかな？」

寝乱れた髪を搔《か》き上げつつ問うと、男は驚きの表情を浮かべた。

「合ってるみたいだね。あんたが脱ぎ捨てたジャケットに刺繡があった。追われてるのなら、もう少し気を遣ったほうがいい」

指摘すると、無精髭《ひげ》の浮いた口許《くちもと》に苦笑が浮かぶ。汚れた顔を拭《ふ》いてやらなきゃな……身体もか、などと考えながら相手の出方をうかがっていると、諦《あきら》めたのか「その通りだ」と応えが返ってきた。

「君の名前を訊いても？」

問い返されたので、

「杉原」

名字だけ教える。名前を呼び合えなければ、いろいろと不便だと思ったのだ。それにここは杉原の部屋。男が動けるようになれば、どのみちすぐにばれる。

「下の名前は？」

さらに図々しく問われるから、今度は少し意地悪く返した。

「あんたが教えてくれたら、教えてもいいよ」

どうせ答えなど返ってはこないだろうと思いながら、風呂にも入らずに寝てしまったために額に張りついた黒髪を梳《す》き上げてやる。すると男は、思案するように目を細めたあと、存外にあっさりと口を割った。

「敬篤《たかあつ》だ」

そして、名字と合わせて、わざわざ漢字の綴《つづ》りまで教えてくれる。

「そんな簡単に口を割っていいわけ？　逃亡者なのに？」

呆《あき》れつつ返すと、

「逃亡者？」

今さらのように、少々驚いた顔で目を瞠った。

「違うのか？　追われてるんだろう？」

今一度、確認のために、じゃあなんだ？　と問えば、

「まぁ、そんなもんだな」

なんとも適当な言葉が返される。誤魔化《ごまか》そうとしてのものか、ほかの意図があるのか、口調からは判断がつかない。やはり、そう簡単には口を割らないようだ。

しかも、男の言い草がいかにも軽いので、逆にそれ以上追及することもできなくなって、しかたなくこの場はサラリと流すことにした。

「思ったより軽傷のようでよかった」

「アバラの骨折と打撲と、あとは薬物の影響だ」

やはり医療の知識がありそうだ。しかし、そこを突っ込む以上に聞き捨てならない単語を聞いて、思わず眉根を寄せた。

「……薬物？」

覚醒剤《かくせいざい》か大麻《たいま》かと、実にわかりやすい、ある意味ベタな反応を見せた杉原に、犬飼《いぬがい》と名乗った男は小さく苦笑する。

「ヤバイもんじゃない。逃げるときに煙幕を吸っただけだ。一時的に身体の動きを鈍くする成分が入ってる」

充分ヤバイだろうと思ったが、嘆息で返すにとどめた。詳細までは、あまり知りたいとは思えない。フルネームが知れただけでもよしとしておこう。

「口説き文句のひとつもなく、いきなり不埒を働かれたんだ。名前くらいは知っておきたかったからな」

いくら追っ手をまくためとはいえ、女相手なら訴えられてもおかしくはない。まぁ、男の顔を目にした途端に、女のほうはそんな気も失《う》せるだろうが。

すると、杉原の発言を聞いた男は、口許を意味深に歪《ゆが》めてみせた。

「偽名かもしれないぞ」

「それはずるい」

自分は本名を名乗ってしまった。咎める視線を送れば、男は少しだけ申し訳なさそうに口許を緩める。

「嘘だ。本名だ。犬飼敬篤。今教えられるのはそれだけだが」

それでもいいか？　と言外に尋ねてくる。それに、肩を竦《すく》め、しょうがないなと嘆息することで応えて、杉原は口を開いた。先の図々しい問いにも気前よく返してやる。

「主視《かずみ》、杉原主視だ」

拾ってしまったものはしょうがない。

いくら自分がそう言い置いて昏倒したとはいえ、普通なら即座に警察に通報されて終わっている状況だ。だが杉原は警察にも届けず、男を匿ってしまった。

その事実だけで充分だと思っているのだろう、男のほうも、なぜどうしてと尋ねてはこない。視線の先にあるのは、こちらがこの状況を楽しんでいることに、気づいている表情だった。

だから杉原も、いったい何者なのか、何がどうしてあんな状況に陥っていたのかと、問うことができなくなってしまったのだ。

「じゃあ、主視」

「いきなり馴《な》れ馴れしいな」

なぜ自分は、犯罪者かもしれない男と、呑気《のんき》にこんなやりとりをしているのだろうかと、ウンザリとため息をついた杉原の耳に、男の要望が届く。

「お願いがあるんだが」

「なに？」

「腹が減った」

「……」

再び深い深いため息をついた杉原は、ガウンの腰紐《こしひも》に手をかけつつ、腰を上げた。


大きな会議が入っているわけでも、分刻みの外出スケジュールが組まれているわけでも、重要な会食の予定があるわけでもないのに、《KMコンストラクション》の最上階、社長室と秘書室を中心とした一帯が、今日はどうにも浮き足立っている印象。

その理由はハッキリしていた。

いつも、この空間に緊張感をもたらしている張本人が、朝からずっと落ち着かない様子だからだ。

マンションに、名前以外の一切合財が正体不明の男と犬一匹を置いて出勤することとなった杉原は、部屋に残してきたひとりと一匹が気になって気になってしかたなかった。

とはいえ、本人には、それほど自分が落ち着きをなくしているという自覚はない。ただ、何かにつけ時計を気にしては、針の進みが遅いなとため息をつくくらいだ。

だがそんな様子こそが、いつもの杉原を知る者にとってはありえないもので、秘書室の面々はもちろんのこと、社長を務める異母弟も、いつもと様子の違う兄の横顔を怪訝《けげん》な眼差《まなざ》しでうかがっている。

しかし、これもまたありえないことに、杉原本人のみが、いつもと違う己自身にはもちろんのこと、それをうかがう周囲の状況にも気づいていなかった。

その証拠に、オフィスに花を届けにきた花屋の青年——弟の恋人だ——が社長室から二時間ばかり出てこなくても放置。お邪魔虫な内線電話をかけることもしなかった。いつもなら、積年の想いを実らせたばかりで脂下《やにさ》がりぎみの弟の尻を、これでもかと追いたてているというのに。

さらには、誰より早くに出社して一番最後に帰るワーカホリックが、始業ギリギリに出勤してきた上に、終業時間をまわった途端に腰を上げたとなれば、もはや天変地異の前触れ扱いだ。それを口に出す勇気のある者は、とりあえずこの場には存在しなかったが。

「明日の会議の資料、揃っているね」

「はい。メールと書面にてすでに関係各所に配布済みです」

「会食のセッティングは？」

「銀座《ぎんざ》の《胡蝶《こちょう》》に予約を入れてあります。先方様のお好みも伝えてあります」

「完璧だね。――社長決裁待ちの書類は？」

「本日分はすべて処理していただきました。オンラインのほうも問題ありません」

バッグに仕事の七つ道具を詰め込みつつ、矢継ぎ早に確認作業を進める。杉原から投げられるチェック項目に、社長秘書室勤務の女性秘書たちが次々と、自身の担当業務についての応えを返した。

畳みかけられる問いにいつも通りキビキビと反応しつつも、彼女たちの瞳には隠しきれない驚愕《きょうがく》が浮かび、上司の動向を見逃すまいと神経を張り巡らせている。だが今日の杉原に、彼女たちのそんな様子にかまけていられる余裕はなかった。

テンポのいい返答に満足して頷き、眼鏡のブリッジを押し上げ、重いバッグを手に「お先に」と席を離れる。

大股《おおまた》にオフィスを横切る細い背中に、戸惑いも露《あら》わな「お疲れさまです」の声がかかっても、一切関知しなかった。脊髄《せきずい》反射で応えを返すだけだ。杉原の頭のなかは、ひとりと一匹と、そして終業後に控えたミッションをいかに完遂するかでいっぱいで、まさしくそれどころではなかったのだ。

嵐の前触れなのか、はたまた……。杉原の足音が遠ざかるのを待っていたのだろう、兄の様子を訝った社長が社長室から顔を覗かせる。そして、手ずから持ってきた処理済みの書類を一番のベテランに手渡しつつ、塵《ちり》ひとつない兄のデスクを見やった。

「何があったんだ？」

社長の問いに、秘書室の面々を仕切る御局様《おつぼね》が「さあ？」と首を傾げる。

「社長におわかりになられないもの、われわれには……」

兄弟なのだから何か気づくことがあるのでは？　と返された彼は、「無茶《むちゃ》を言わないでくれ」と少々疲れた顔で嘆息した。


終業時間を待つようにして帰途についた杉原がまず向かったのは、近郊に最近できた大型ショッピングモールだった。

生鮮食品から衣類、家電、日用雑貨となんでも揃う。ホームセンターや映画館まで併設されたそこなら、求めるものがすべて購入可能だろうと踏んだのだ。

食料品に、自分よりふたまわりは大柄だろう男の着替え、医薬品一式。そして最後に向かったのは、併設のホームセンター内にあるペットグッズ売り場だった。

「ドッグフードとケージと……ペットシーツってなんだ？」

買い物を済ませた大量の荷物を大型のカートに積んで、それを押しながら商品陳列棚を物色する。

仕立てのいいスリーピースに身を包んだスレンダーな体軀と、硬質な印象を与える細縁眼鏡の奥の華やかな相貌《そうぼう》。オフィスや夜の街にあってはさほど浮くことのない杉原の容貌も、ひじょうに庶民的かつ日常的な場においては、異質なものでしかありえない。しかも、こんな場所での買い物が一番似合わないだろうと思われる人物が大量の買い物をして、さらにペット用品などを買い求めているのだからなおさらだ。

「シャンプー、リンス、洋服は……いらないな。犬用アロマミスト？　買っておくか。大型犬用のリードと、あとは……」

犬を飼った経験などない杉原は、必要なものと必要でないものの区別がつかず、メモに記載されたものを中心に、目についたものをあれもこれもと実に適当にカゴに放り込んでいく。その豪快な買い物風景がさらに周囲の客や店員の興味をそそるものの、醸し出す雰囲気に気圧されて、店員ですら声をかけられないでいた。

だが、そんな杉原の背にのほほんと声をかけられる豪胆な人物が、この場に偶然居合わせた。

「お兄さん？」

怪訝な色を滲《にじ》ませた声を聞いて、杉原はピタリと手を止めた。

ゆっくりと振り返った先には、首を傾げた愛らしい相貌。サラリと流れるやわらかそうな髪に鳶《とび》色の瞳、デニムにコットン素材のカットソーというカジュアルな恰好《かっこう》が清潔感溢《あふ》れる容貌によく似合う。ここしばらくですっかり見慣れてしまった顔がそこにあった。

「未咲《みさき》ちゃん……」

昼間、オフィスに花を届けに来ていた弟の恋人が、買い物カゴ片手に佇んでいる。弟が住むマンションの一階で花屋を営む青年は、弟とは高校時代の同級生という間柄だ。

ヤることはヤっておきながら、中学生の恋愛か？　と突っ込みたくなるようなたどたどしい恋に翻弄《ほんろう》されるふたりが可愛くて可笑《おか》しくて、最初にちょっと意地悪をしてしまったために、ふたりが付き合いはじめた当初はずいぶんと怯えられていたのだが、最近になってやっと「お兄さん」と呼んでくれるようになった。

礼儀正しい青年は、「お買い物ですか？」と歩み寄ってきてペコリと頭を下げる。それから杉原のカートに視線を落として目を丸めた。

「すごい量ですね。ドッグフード……ワンちゃん飼われてるんですか？」

弟からそんな話を聞いた覚えがないからだろう、怪訝そうに問われて、杉原は内心ヒヤリとする。だが、純真無垢《むく》を絵に描いたような青年相手に胸中を悟られるほど、哀しいかなこちらは無垢ではなかった。

「知り合いに頼まれてね。慣れないから、こんなありさまだよ」

完璧なアルカイックスマイルで返せば、気のいい青年は「そうだったんですか」と杉原の嘘を簡単に信じた。

そんなことでは愚弟の手綱は握りきれないよと忠告してやりたい気持ちに駆られて、しかし今はそれどころではないと思い直す。

「未咲ちゃんは？　ライの餌？」

ライというのは青年の飼い猫で、言ってみればふたりのキューピッドだろうか。花屋の前を通りかかると、生きた招き猫をする白い巨体にお目にかかることができる。

「はい。獣医さんにダイエット指南を受けてるんですけど、紹介されたご飯が口に合わないみたいで、別のメーカーのが置いてないかと思って。ここ、品揃えいいって聞いたので」

「そう」

そうか、ドッグフードが口に合わないなんてこともあるわけか。なら数種類買って帰ったほうがいいかもしれない。

青年の話に鷹揚《おうよう》に耳を傾けるふりで、胸中でそんなことを考える。すかさず目についた一番高い値のついたドッグフードをカートに入れた。その隣の、小さめの容器に入ったものも数個摑んで放り込む。

「あの……お兄さん？」

ありえない買い物のしかたをする杉原に向けられる困惑の混じった驚きの眼差し。それに、ニコリと完璧な笑みを返して、話の方向性をさりげなく彼の側へ向けた。

「そろそろ帰ってくるころじゃないかな？」

「え？」

CHIKO

「一獅《かずし》。今日のお昼は、会議が延びたせいでコンビニ弁当だったから、夕飯は美味《おい》しいものを食べさせてやって」

同じマンションに住んでいて通い婚状態にあることを言外に指摘してやると、初心《うぶ》な青年はうっすらと頬《ほお》を染め、視線を落とした。

「あ、はい。今日は中華にしようかと思って、えっと……」

そのままメニューの説明に突入しそうなのを、やはり完璧な笑みでさりげなく止めて、杉原は「弟をよろしく」「お先に」と青年に背を向ける。いくら可愛い弟の恋人とはいえ、今現在の杉原に惚気《のろけ》の聞き役になってやれる時間的余裕はなかった。

カートに山積みの商品を精算したら、店員が愛想よく車まで運んでくれた。さすがに量が量だったせいか、特別に即日配送も承りますと言われたが、断って、大量の荷物を車に強引に詰め込む。

時計を確認して、予定外に時間がかかってしまったことに気づき、杉原はかたちのいい眉間《みけん》に皺《しわ》を刻んだ。

マンションについて荷物を下ろすときになって、やっぱり配送してもらうべきだったと後悔したが、今さら言ってもはじまらないので、地下駐車場と最上階の自宅とを数往復して、なんとか荷物を運び込んだ。

買い込んだ食糧はダイニングテーブルの上に、ペット用品はリビング、そして男の衣類一式の詰まったショッピングバッグを手に、杉原はベッドルームのドアを開ける。

カーテンを引いた部屋で、男はおとなしく寝ていた。ベッドの足元には、お行儀よく座る大型犬。伏せるでも寝るでもなく、主を守るように、しゃんと背を伸ばして座っている姿は忠義そのもので、杉原は口許を緩めた。

「ただいま、リッキー」

ベッドの上の男にではなく、犬に声をかける。名前を呼ばれたからだろうか、小さく鼻を鳴らした。

「おまえ、ずっとここでこうしてるのか？　休んでいればいいのに」

リッキーは、ずっと犬飼の傍《そば》に寄り添っている。しゃんと背を伸ばしてお座りをして。犬を飼ったことのない杉原は、よく躾けられた犬というのはこういうものなのかと思って見ていたのだが、さすがに少々妙に感じられはじめた。寝そべったりもしないなんて……。

それに、餌が減っていない。

今朝、昨夜食べなかった餌を下げて別のを与えたのだが、それも減っていないのだ。ちゃんと食べるのかと訝る杉原に、犬飼は大丈夫だと言ったのだが……。

「そいつは、そういうふうに躾けられてるんだ」

寝ていると思っていた男から声をかけられて、杉原は顔を上げる。

「起こしたか？」

ベッドヘッドを探ってフットライトをつけると、男は髪を掻き上げつつ、リッキーに視線を向けた。

「少しウトウトしていただけだ。痛み止めのせいだな」

「もう少し寝ていろ」

身体を起こそうとするので止めると、かわりに手を貸してくれと請われる。

「いや、それより、頼んだものは？」

「買ってきたぞ。よくわからなかったから、いろいろと」

リビングにあると促すと、犬飼は申し訳なさそうに苦笑した。

「すまん」

「いいさ。ひとり囲うのも、ひとりと一匹囲うのも、大差ない」

「頼もしいな」

ベッドに腰かける恰好でリッキーに手を伸ばし、焦げ茶の頭を撫でる。その眉間に刻まれる皺を傷の痛みのせいだと理解して、杉原は話を戻した。

「で？　そういうふうって？」

その問いに言葉で返すかわりに、犬飼はベッドから腰を上げると、傷を庇いつつリビングに移動する。そして、杉原が買い込んできたものを確認しつつ、それを順番にセッティングしていった。もちろん、実際に身体を動かしていたのは杉原だが。

まずはリビングの片隅に大きなケージを置き、トイレの位置を決め、そこが自分の居場所だとリッキーに教える。

一軒家なら、庭や玄関先に犬小屋を置けばいいが、マンションではそういうわけにいかない。犬を飼う多くの家庭では、ケージを利用している。

ジャーマン・シェパード・ドッグが入って余裕のあるサイズのケージを探したら、店にある商品のなかで一番大きなものになってしまった。

単身者向けの間取りとはいえ、最上階のペントハウスだ。それぞれ十数畳あるリビングとダイニングは、仕切れるようになってはいるものの今現在空間を繋《つな》げて一部屋として使っているため相当な広さがある。大きなケージも問題なく置き場所を確保することができた。

空いている部屋をリッキー専用に与えてやってもいいが、隔離してしまうよりは、主と同じ空間にいられるほうがいいだろう。

「リッキー、今日からしばらく、ここがおまえの部屋だ。わかるな？」

「クゥン」

「だから、寝ていい。餌を食べろ。いいな？」

ソファから下り、床に片膝《かたひざ》をついた犬飼は、リッキーの目を見てゆっくりと言い聞かせる。

その神妙すぎる声音に注意を引かれ、杉原も息を詰めてリッキーの反応をうかがってしまった。

主の言葉に耳を傾けていたリッキーは、ややあって腰を上げた。そして、おとなしくケージに向かう。

ケージ内の匂いを嗅《か》ぎ、それからトイレのチェック。振り向いて主の顔をうかがい、それに犬飼が頷くと、きちんとシートの真ん中で排泄《はいせつ》を済ませた。目を細めるような仕種《しぐさ》に、まるでトイレを我慢していた人間の反応を観察しているような気にさせられる。そのあとで、差し出された水と餌に口をつけた。

そこらのクソガキよりお行儀いいんじゃないのか？

などとご近所さんに対して失礼極まりない感想を抱きつつリッキーの様子をうかがっていた杉原だったが、犬飼の肩からまるで風船が萎《しぼ》むように力が抜けるのを見て、その大袈裟《おおげさ》すぎるとも思える反応に首を傾げる。起きているのがきついのではないかと体調を気遣った杉原に返されたのは、予想外の返答だった。

「今日一日、こいつにトイレをさせようとしてたんだ」

返された言葉には、無言で目を瞠ってしまう。その意味を正しく理解するのに、数秒を要した。

「まさかこいつ、ずっと餌もトイレも……？」

「ああ」

そうしてやっと、そのように躾けられている、という発言の意味を理解した。

ということは、昨夜杉原がひとりと一匹を保護する前からずっと、リッキーはひとときも休んでいなかったことになる。いくら獣とはいえ、体力は限界だったのではないだろうか。

飲み干した水を取り替えケージの戸を閉め、犬飼がコマンドを与えてやっと、リッキーは軀《からだ》を横たえた。だが、瞳は閉じない。部屋が明るいからか、それとも人間の目があるからか。

「俺は大丈夫だ。おまえが護《まも》ってくれたからな。だから、寝ていいんだ」

静かに諭す犬飼の言葉を聞いてやっと、リッキーは目を閉じた。いくら忠義とはいっても、これはさすがに……。

「いったいどういう躾《しつけ》をしたらこうなるんだ」

やりすぎではないかと呆れ半分に問うと、

「躾というか、訓練だな」

犬飼がボソリと呟く。

「訓練？」

含みのある単語を聞いた気がして、つい鸚鵡《おうむ》返しに聞き返していた。

最近では、ペットとして飼われる犬であっても、専門の学校に入れて専門家の訓練を受けさせたりすると聞く。ほかの動物に比べて犬はとくに、ちゃんと躾けられていないと周囲に迷惑をかけることになるからだ。迷惑程度で済めばいいが、散歩途中に誰かに噛《か》みついたりでもしたら目も当てられない。

だが、犬飼が口にした「訓練」という言葉の意味は、それとは違って聞こえた。そもそも、ペットとして飼い主はもちろんご近所などに迷惑のかからないように躾けられただけの犬が、餌や水はもちろんのこと、トイレまで我慢するだろうか。相手は本能で生きている獣なのだ。

杉原の脳裏を過ったのは、フィクションの世界にありがちな、悪役キャラの屋敷の庭に放し飼いにされている犬の姿。ドラマか映画か、漫画でもかまわないが、ベタなアクションものの展開にありがちな光景だった。セキュリティのために飼われている犬なら、特殊な訓練を受けていても不思議はないかもしれないが……。

じっと見つめる視線に気づいたのか、男が顔を向ける。

「……シャワーを浴びたいんだが」

「……」

わかりやすく話題を変えられた気がしたが、あえて追及しなかった。どうせ向こうも、杉原が訝《いぶか》ることくらいわかっているのだから言っても無駄だ。

しかたなく、わかりやすい嘆息で返して、腰を上げた。そして男に手を貸す。

「傷は？　ひとりで大丈夫か？」

「背中を洗うのは無理そうだ」

「わかった」

ネクタイの襟元すら緩めていなかったことに気づいて、ジャケットとベストを脱いで腕まくりをし、襟元を緩めつつ男をバスルームへ促《うなが》す。

本人いわく「アバラが数本イっている」という怪我の重傷度がどれほどのものなのか、そういった剣呑な事態とは無縁に生きてきた杉原にはわからないが、身体を動かすのがつらそうなので、着ているものを脱がせるところから手伝わなくてはならない。

椅子《いす》に座らせ、シャワーの湯でザッと汗を流してから、シャンプーに手を伸ばす。しばらくたいした会話もなかったのだが、大柄な男がおとなしく洗われている様子が妙に可笑しく感じられて、杉原はクスリと笑みを零した。

「なんだ？」

「いや、リッキーを洗うのとどう違うのかと思って」

リッキーならきっと、今の犬飼のように、おとなしく洗われてくれることだろう。犬飼は反論するでもなく、喉の奥で笑うだけ。状況的に言われてもしかたないと思っている様子だ。

汚れてごわついていた黒髪は、丁寧に汚れを洗い流すと、思いがけず艶《つや》やかな光沢を放ちはじめた。ツルリと指ざわりもいい。

怪我に触らないよう力を加減しつつ背中を流して、前にまわる。すると、犬飼が困ったような顔を上げた。

「……なんだ？」

力を入れすぎたかと手をとめると、そうじゃないと首を横に振られる。

「いや、すごい恰好だな、と思って」

男の視線に促されて、自分自身に視線を落とした。

「そうか？　男同士なんだし、別にいいだろう？」

自分も濡れるからとスーツを脱いだ杉原は、下着にワイシャツ一枚という恰好だった。ズボンの裾《すそ》を折り曲げて…という選択肢もあったが、湯気で濡れてしまうと思って脱いだのだ。

ある意味、ひじょうに卑猥《ひわい》極まりない恰好だが、一般的には男がしたところでだからどうしたと言われて終わる。それをあえて指摘した犬飼に、自分と通じる部分を感じ取ったものの、指摘するのは避けた。興味が湧かないかと言われれば嘘になるが、状況と相手が悪すぎる。

「眼鏡は伊達《だて》か、やっぱり」

「ああ。この顔だと、いろいろと不都合も多くてね」

犬飼の指摘通り、杉原は眼鏡を外していた。湯気に濡れた髪が額に零れていて、だから余計に「すごい恰好」に見えたのだろう。

硬質な印象を与える細縁の眼鏡で素顔を隠している理由は、そうでもしないとビジネス上侮られかねないほどに、自分の顔が派手なつくりをしていると自覚しているからだ。それを最大限に利用する場面はもちろんあるが、それ以上に威厳や迫力が必要とされる場面のほうが多い。

「だろうな」

杉原の返答に失礼なほどアッサリと頷く。その犬飼が先にサラリと口にした言葉が今さらひっかかって、杉原はふとスポンジを握った手を止めた。

——やっぱり？

あてずっぽうではないのだとしたら、その観察眼に感服する。本当に目が悪いのか伊達眼鏡なのか、よほど観察していなければわからないものではないだろうか。昨夜の犬飼にそんな余裕があったとは思えないし、今朝もそれどころではなかった。

腹が減ったと言われて、コンビニに走り、サンドイッチやおにぎりなど適当に買い込んだものをトレーに山のように盛ってベッドに運んだら、その豪快さが杉原のイメージと重ならなかったらしく、思いっきり笑われてしまったのだ。

怪我が痛むのならおとなしくしていればいいものを…と、静かに憤慨したり、でも男の体調も気になるし、さらにはリッキーの餌が減っていないとか、あれもこれもとやることや確認することが降って湧いて、結局始業時間ギリギリの出社になってしまった。

そんな、今朝方の光景を思い出しながら、かなり逞《たくま》しく鍛え上げられた胸板をゴシゴシとやっていたら、自然と洗う手が下がって腹部に辿り着き、そこへきてやっと杉原はスポンジを握った手を止める。

「あとは自分でできるだろ」

スポンジを男の手に握らせて、浴室を出る。突然放り出された犬飼は、しばし握らされたスポンジを見つめたあと、ゴシゴシと擦《こす》られて実は結構痛かった胸板にそれをそっと滑らせた。

犬飼がボディソープの泡を洗い流しているところに戻ってきた杉原は、脱衣所から取ってきたものを浴室の鏡の前に並べて、シャワーヘッドを取り上げ、背中の泡を流してやった。

「髭を剃《そ》ってから出てこい」

言われて、男は顎《あご》に手を当てる。杉原が鏡の前に並べたのは髭剃り道具一式。古式ゆかしい剃刀《かみそり》だ。

「嫌いなんだ。不潔そうで」

犬飼の無精髭の浮いた頬から顎を撫でて、真剣に嫌そうに眉を顰《ひそ》める。そして、シェービングブラシで白いボウルにもこもこの泡を立てはじめた。

「髭男は範疇《はんちゅう》外ってことか」

顎を撫でつつ、犬飼がボソリと零す。

「何か言ったか?」

「いや」

出しっぱなしのシャワーの音に掻き消されてそれが聞こえなかった杉原が問い返すと、犬飼は「毎朝そんな面倒なことをしてるのか?」と尋ねてきた。

こだわり派は剃刀を使うだろうが、一般的にはシェーバーを使う人間のほうが多いはずだ。

「残念ながら、毎朝気を遣わなくてはならないほど、男性ホルモンが充実してないらしくてね」

またもやアッサリと頷きかけていた犬飼は、杉原に睨《にら》まれて口を噤《つぐ》む。そして、少々芝居じみた仕種でホールドアップしてみせた。

「夜ならゆっくりできるだろう？」

杉原にとってバスタイムは一日の疲れを落とし、気持ちをリセットするためのリラックスタイムだ。食事には拘《こだわ》らなくても、バスグッズやアメニティには拘っている。

石鹸《せっけん》を泡立てたボウルを差し出すと、チラリとそれに視線を落とした犬飼は、甘えたことを言い出した。

「やってくれないのか？」

腹を擦り、背中を丸める。ホールドアップしてみせたくせに、腕が動かしづらいなどと都合のいいことを言い出した。つい今さっきまで平気そうな顔をしていたくせに、急に怪我人になってみせる。

「どこまで図々しいんだ？」

他人の髭剃りなどしたことがない。力の入れ具合も不安だし、できれば自分でやってもらいたいところだ。

「得体の知れない男と犬一匹を拾って面倒を見てくれる酔狂なエリートビジネスマンなら、それくらいしてくれるかと思ったんだが」

「自覚はあっても、ひとに言われると妙に腹立たしいものだな」

リッキーだけ拾えばよかったと毒づくと、「俺も犬みたいなものだろう？」と笑う。最初の発言を受けてのものであることを察して、杉原は苦虫を噛み潰《つぶ》した。

しょうがないなとブラシでたっぷりの泡を掬《すく》い、男の顔に滑らせる。

「傷が増えても知らないぞ」

袖《そで》を捲《まく》り上げたワイシャツがすっかり湯気を吸って肌に張りつき、腕が動かしづらい。湯に浸かってもいないのに湯あたりしそうだ。

目の前には、逞しい裸体を曝した、正体不明の男。

野性的な逞しさを感じさせる男が、無防備な姿を自分に曝している。

弟の面倒をずっと見てきたことでもわかるように、クールに見えてその実、杉原は世話焼きな体質だ。そんな杉原にとって、この状況は、妙に胸の奥を擽る光景だった。

泡石鹸が、犬飼の顎から首筋を伝い落ちていく。思わずそれを目で追ってしまった杉原は、おもむろにシェービングブラシを放り出した。

「やっぱり自分でやってくれ」

有無を言わせず、男の手にボウルとブラシを握らせて、バスルームを出る。脱衣所に出ると、酸素濃度が増して、やっと思考がクリアになった。やはり逆上《のぼ》せかかっていたらしい。

すっかり湯を吸ってしまったワイシャツを脱ぎ捨てて、ランドリーボックスに放った。

ガウンに袖を通しつつリビングに戻り、湯気を吸った髪を掻き上げる。

「欲求不満ってわけでもないはずだけどな」

つい声に出して呟いてしまい、そんな自分に呆れた。

ガウンの腰紐を締めなおして気をとりなおし、男が浴室にいる間にと、ローテーブルに放ったままになっていた夕刊に目を通す。

犬飼がかかわっていそうな事件に関する記事が掲載されているかもしれないと思ったのだ。

悪人ではなさそうだが、犯罪の匂いはしっかりとまとわりついている。

もし犯罪者だったら自分も罪に問われるし、弟にも会社にも迷惑がかかる。常識的に考えて、正体不明の男と犬一匹を囲っていていいことなど何もないはずなのだが、不安も恐怖も感じないのはなぜだろう。リッキーの存在があるからだろうか。

会社で、その日の朝刊にはすべて目を通したが、そこには気になる事件や事故の記事は見つけられなかった。夕刊にも、これはと思うものは見当たらない。

「正体不明のまま、か……」

まあいいかと、新聞を畳んで、ケージを覗く。すっかり寝入っているのかと思いきや、リッキーの耳がピクリと反応した。寝そべった恰好のままだが、周囲への警戒は怠《おこた》っていないらしい。

そこへ、腰にバスタオルを巻いた恰好で、犬飼がバスルームから出てくる。それをドアの開閉音で判断した杉原は、そういえば着替えを届けていなかったことに気づいて、腰を上げた。

「着替えを……、……！」

杉原が言葉を詰まらせたのは、バスタオル一枚姿の犬飼のすばらしく鍛え上げられた肉体に見惚《みほ》れたわけではなく、こざっぱりとした顔に目を奪われたため。

「なんだ？」

「……そんな顔してたのか」

薄汚れ無精髭の浮いていた顔はさっぱりと洗われ、その造作を正しく視覚に伝えてくる。それが想像以上に整ったものであったことに驚いて、杉原は失礼なほどにタオルで髪を拭く男の顔を凝視してしまった。

ワイルドで魅力的な男だと感じてはいたが、洗練された雰囲気とは無縁だと思っていた。だが、今目の前に立つ男は、きっちりとしたスーツを着込めば、大企業のトップにも見える。まだ若い弟にはない、威厳のようなものすら感じられた。

「ダメか？」

「……いや」

つい見つめ合ってしまったふたりの間に珍妙な空気が流れる。犬飼の髪から水滴が滴《したた》るのが視界の端に映って、杉原は逞しい首にかけられたタオルに手を伸ばした。

ソファに座らせ、髪を拭いて、傷に薬を塗り包帯を巻き直す。

買い揃えてきた衣類のなかから下着とスウェットの上下を探し出して着せ、ナイトキャップがわりに、香りづけのアイリッシュ・クリームを垂らしたホットミルクをマグカップに注いだ。

ガキ扱いかと苦笑しつつも男はそれを飲み干し、おとなしくシーツの取り替えられたベッドに向かう。寝室に入る前に、ケージ内のリッキーの様子をうかがって、安堵《あんど》の表情を見せた。

声をかけられたわけでもないのに、忠犬は主の気配に気づいたのか、顔を上げ、小さく鼻を鳴らす。

そんな、不思議なひとりと一匹の姿を横からうかがいつつ、観察する余裕がある自分こそが不思議だと杉原は感じていた。

自分以外の人間が使ったあとの、湯気の満ちたバスルームが、ひとり暮らしの長い杉原に、奇妙な感覚を植えつける。嫌悪感でないことはたしかだが、なんと名づけていいのかはよくわからない。

生活のリズムを崩された上に、昨夜から慣れないことばかりして、ドッと押し寄せてきた疲れが杉原をバスタブに引き止めたが、湯のなかで寝るわけにもいかずバスルームを出る。

怪我人を自分のベッドに寝かせ、この夜もソファをベッドがわりにするつもりでいた杉原を、湯を使う前にベッドに押し込んだはずの犬飼が呼んだ。

「……え？」

「ソファじゃ疲れが取れないだろう?」

だから、ひとつのベッドで寝ればいいと。そう提案されて、目を丸くする。

杉原にとってベッドをともにするということは、イコール、セックスを意味するものであり、それをともなわない同衾《どうきん》など過去に経験がない。だから、考えもしなかった。

「それとも、とんでもなく寝相が悪いとか?」

かなり広いベッドなのだから、寝ながら蹴りやパンチを繰り出すようなことがなければ問題はないはずだ。そう言われてしまえば、怪我人を気遣う以外に断る理由もなく……。

「今のセリフ、そっくりそのまま返させてもらおうか」

失礼な…と毒づきながらも、ベッドの半分に身を滑り込ませるよりなくなる。どのくらいの距離を保つべきなのか。戸惑いつつも、身体を横たえた。

奇妙な緊張感に、目が冴《さ》えてしまうのではないかと心配になる。

そもそも、犯罪者かもしれない正体不明の男の隣で果たして眠れるのかという本来ごもっともな疑問の答えは、ものの五分も経たないうちにごく自然に眠りに落ちてしまえた事実だけで、充分に思われた。

3

奇妙な同居生活は、奇妙なほど自然にはじまり、奇妙なまでに平和なまま、カレンダーは進んでいく。

そもそもの基礎体力が違うのか、全身の裂傷も擦過傷もアバラの骨折ものともせず、驚異的な回復力を見せつけた犬飼《いぬがい》は、やがて普通に生活できるようになると、昼間杉原《すぎはら》が仕事に出ている間、家のなかのことを引き受けはじめた。

全部クリーニングに出していたために一度も使われたことのなかったドラム式洗濯機ははじめてその実力を示し、ハウスクリーニングを頼んでいるためにこれまで数度しか活躍の場のなかった吸引力が自慢の掃除機は毎日登場、湯を沸かすくらいしかすることがなく、ほぼ新品のまま放置されていたシステムキッチンは本来の役目を果たしはじめ、水とアルコール類プラスアルファしか入っていなかった冷蔵庫には今や生鮮食材がこれでもかと詰め込まれている。

怪我人にコンビニ弁当をそのまま差し出すような杉原とは違い、なんでも器用にこなすらしい犬飼は完璧な主夫ぶりをみせ、杉原の生活を一変させてしまった。

ひとりと一匹を連れ帰った翌朝、コンビニ飯で朝食を済ませようとした杉原に啞然とした顔を向けた犬飼は、その翌朝から、まだ痛む身体を起こして自らキッチンに立つようになった。前日、杉原がショッピングモールで買い込んできた食料品——保存のきくレトルトや缶詰、冷凍食品が主だった——に一手間加えて、ちゃんとした料理にしてしまったのだ。

杉原へのちょっとした礼の気持ちもあったのだろうが、何より自分が我慢ならなかったのだろう。手際のよさを見れば、普段からキッチンに立っているだろうことは容易に想像がついた。だからといって、犬飼の素性が料理人なのかとは、微塵《みじん》も思わなかったが。

医療の知識があって、プロ並みの料理の腕を誇り、武道家のように鍛えられた肉体を持つ、一見ワイルドでその実スタイリッシュな男。ますますもって謎《なぞ》だ。

清潔に整えられた部屋、太陽の匂いのするタオルにナイトウェア、温かな湯気を立てる料理。最初に下着を洗われたときには強い抵抗を感じたが、ここまで快適な環境を整えられてしまえばもはや文句も言えない。

杉原に与えられた役目はというと、渡されたメモに従って買い物をして帰ってくることと、男の傷の手当てを手伝うこと。

犯罪者なのか逃亡者なのかもしれない男は、ほとぼりが冷めるのを待つつもりなのか、傷が回復に向かっても、いっこうに出ていく気配がない。ある日突然消えるのかもしれないと思いつつも、杉原はいつの間にか、帰宅時に部屋に明かりがついている生活に慣らされていた。

「また髭剃ってないな」

この日、帰宅して開口一番に杉原が口にしたのは、今朝出かけるときに言い置いたことが実行されていない事実に対する文句だった。

「一日中家のなかにいるとな……それにシェーバーがないだろう？」

いちいちシェービングブラシと剃刀を使うのは面倒だと主張する。一日中家のなかにいて、ほんのちょっとの手間をなぜ嫌がるのか。

「――ったく」

睨むと、「おまえがいっさい料理をしないのと同じだ」と返されてしまい、「囲い者のくせに」と毒づくよりなくなった。さっさとキッチンに逃げ込んだ犬飼はほうっておいて、杉原はリビングの片隅に足を向ける。

「ただいま、リッキー」

杉原が帰宅したとき犬飼はキッチンにいて、その主を見守るように、リッキーはケージのなかでおとなしくお座りをしていた。

ケージに手を差し込んで、焦げ茶色の頭を撫でてやる。リッキーはおとなしく撫でられているが、飛び出してきてじゃれついたりすることはない。まるで自分は仕事中なのだと言わんばかりに背筋をしゃんと伸ばし、その黒い目をじっと犬飼に注いでいるのだ。

いくら「そう躾けられている」とはいえ、慣れない場所で緊張しているからリラックスできないでいるのだろうと思っていた杉原だったのだが、そうではないことにやがて気づいた。リッキーには、これが普通なのだ。

もともとは使役《しえき》犬として飼われていたのではないだろうか。

リッキーの様子を観察していて、杉原はそんなふうに考えたのだが、本当のところはわからない。

リッキーの毛触りをひとしきり堪能《たんのう》して、それから着替え、食卓につく。この一連の流れが、いつの間にか帰宅後のルーティンとなっていた。

おとなしいとはいえ、そう躾けられているだけのことで、リッキーが心を開いているわけではないことは杉原も理解しているが、それでも毎日餌をやったりトイレの始末をしたり、犬飼と一緒にシャンプーをしてやったりしていれば、食料品の買い物のついでにちょっとお高めのドッグフードを買ってしまう程度には情も湧く。

もう少し心を開いてくれたら……とも思うが、リッキーの主人は犬飼であって、杉原は仮初《かりそめ》の宿を提供しているだけの存在にすぎないのだからしかたない。リッキーにとって自分は、行きずりの存在にすぎないのだ。

「美味《うま》そうだな」

「だといいが」

着替えを終えた杉原が戻ってくると、テーブルセッティングはすでに済んでいて、温かな湯気といい香りがダイニングを満たしている。

今晩のメニューは、青魚の香味揚げに南瓜《カボチャ》のそぼろ餡《あん》かけ、蓮《はす》の金平《きんぴら》、小松菜《こまつな》と油揚げの味噌汁、土鍋からよそわれるのは十穀米だ。朝に飲む一杯のコーヒーと夜に摂取するアルコール以外のものを自宅で口にすることがほぼない生活を送っていた杉原にとって、素朴で温かい味付けの食事は、何よりのご馳走《ちそう》といえた。

会社で残業食をとらなくなった杉原を、弟も秘書室の面々も訝っている。ワーカホリックを絵に描いたような仕事人間が、時間を気にしつつ早々に退社するようになったのだから、妙に感じて当然だ。

だが、面と向かって尋ねる勇気はないらしく、秘書室の部下たちはもちろんのこと、弟も何も言わない。買い物途中に出くわした彼の恋人の口からもらしくない場所でらしくない買い物をしていた事実が伝わっているようで、より怪訝に感じている様子だが、問いたそうな顔を向けるもののそれだけだ。

こちらが無反応を決め込んでいるから、切り込みようがないのだろう。どうせ長くつづく生活ではないのだから、それでいい。

「あとで髭を剃るからな」

食事の途中で、杉原が帰宅直後の会話を混ぜ返すと、箸《はし》を止めた男は、「やってくれるのか」と妙に嬉《うれ》しそうに返してきた。

「待ってたみたいに言うな」

「実際、待ってたんだ」

我慢できなくなって、杉原のほうから言い出すのを待っていたらしい。

「図々しいヤツ」

「おかげさまで」

褒めてない…と、言ったところで無駄だからやめた。開きかけた口を閉じるかわりに、箸を運ぶ。

食卓を彩るほどの、たいした話題があるわけではない。会話は途切れ途切れで、かといってそれが苦痛なわけでもない。

食後は、犬飼が夕食の後片付けをしている間に杉原が風呂を使う。湯上がりに持ち帰った仕事をしたりビジネスニュースをチェックしたりしていると、犬飼がバスタオル一枚を腰に巻いた恰好で風呂から出てきて、それに文句を言いながら、背中の傷に薬を塗ってやる。これも毎日のことで、すっかり生活に組み込まれて久しい。

今日は、風呂で念入りに髭を剃ってやったため、杉原のほうがすっかり逆上せてしまった。

杉原が湯から上がろうとしたタイミングで犬飼がバスルームに乗り込んできたために、そのまま湯気の充満するなかに予定外の長時間とどまることになってしまったのだ。

「リッキーのシャンプーのほうがずっとマシだ」

五〇〇ミリリットルのミネラルウォーターのペットボトルで額を冷やしつつ、ガウン姿でソファに身体を沈ませる。

その横に、腰にバスタオルを巻いただけの恰好で同じく腰を下ろした男の手には缶ビール。それを見咎めて、杉原は額に当てていたペットボトルを差し出した。交換しろと無言の圧力をかける。

「怪我人が、何考えてるんだ」

「ビールくらいいいだろう？」

「ダメだ。寄越《よこ》せ」

たしいたアルコール度数じゃないと主張するのを聞き入れず、プルタブを上げる前のビール缶とペットボトルを交換させて、今度は冷えた缶を頬に当てた。

「傷、もうほとんどよくなったみたいだな」

「おかげさまで」

背中や腕に刻まれた傷は、ほぼ塞がりかけている。左腕と脇腹にあった、素人目にももしかして銃弾が掠ったものではないのかと思わせられる傷がとくにひどかったが、そろそろ包帯をとって大判の絆創膏《ばんそうこう》だけにしてもよさそうだ。

アバラの骨折は、そう簡単には治らないのだろうが、本人がそういった怪我に慣れているからかそれとも単に我慢強いのか、それほど痛がっているようには見えない。日常的な動作にも、さほど問題はないように見えた。

「……なんだ？」

「いや……逃亡って結構簡単にできるものなんだと思って」

飄々《ひょうひょう》と日常をすごす男の横顔をうかがい見て、杉原は少々不謹慎な感嘆を漏らす。

「そうか？　おまえのような酔狂なやつは珍しいと思うぞ」

呆れと感心の入り混じった眼差しを向けられた男は、杉原が自分を匿っているからなしえていることであって、普通は無理だろうと、まるで他人事《ひとごと》のように応じた。

「じゃあなんで、未解決事件があんなに多いんだ？」

警察の目をかいくぐり、逃げおおせている犯罪者は多い。なぜ捕まらないのか、なぜ日常生活を送りながら逃亡がつづけられるのか、常々不思議だと思っていたが、犬飼の様子を見ていると納得できてしまう。

「耳の痛い話だな」

杉原の指摘を受けて、犬飼は少々苦い笑みを口許に刻む。その反応が何かに引っかかったもののの、それに思考を向ける前に、杉原の意識は犬飼から引き剝《は》がされてしまった。

携帯電話の着信音が、突如鳴り響きはじめたのだ。

二十四時間戦うビジネスマンに、昼も夜もない。平日だろうが休日だろうが関係なく、電話は鳴る。

それでもプライベートを邪魔されればやれやれという気持ちになるのはしかたのないことで、嘆息とともに腰を上げた杉原は、充電器から明滅を繰り返す携帯電話を取り上げた。

ディスプレイに表示された名前を見て、無意識にも眉間に皺を刻む。今一度深い嘆息ののち、気持ちを切り替えて通話ボタンを押した。

「はい、杉原です」

本当は、犬飼にはあまり聞かれたくない通話だった。だが、あからさまに廊下や書斎に消えるのも、なんとなく憚《はばか》られる。しかたなく杉原は、窓際に身体を寄せた。

「……いえ、とんでもございません。……今から、ですか？」

鼓膜に絡むのは、杉原に入れ上げる好事家からの誘いの言葉だ。ただのエロジジイなら相手になどしない。役人の、それもかなり使える地位にいる相手だから、猫なで声で応じもするのだ。

だが今晩は、なんとなく気分が乗らなかった。それを無理してまで出ていくほどの相手でもないと判断する。

「申し訳ありません、手が放せない状態で……まさか、そんなわけないでしょう。また今度、必ず埋め合わせをしますから……おねだりしたいこともありますし……ええ、もちろん」

潜めた甘い声を通話口に囁《ささや》いてやれば、相手は残念そうにしながらも「しかたないな」と引いた。

「すみません。ではまた……ええ、かならず」

通話を切って、携帯電話を充電器に戻し、汗をかきはじめていた缶ビールのプルタブを上げる。それを口に運びながらソファに戻ると、犬飼が意味深な眼差しで杉原を見上げた。

「ふうん？　別に、断らなくてもよかったのに」

面白そうに口角を上げる。その表情からすべてばれていることを確認して、杉原は肩を竦めつつも平然と言葉を返した。

「今から出かける気力はないね。誰かさんのせいで、風呂で体力使ったからな」

湯あたりしてぐったりだと言いながらソファに腰を落とし、ビールを呷《あお》る。その横顔に、犬飼のもの言いたげな視線が刺さった。

「その身体の価値はどれほどなんだ？」

茶化《ちゃか》した声で訊かれて、

「億単位の仕事がとれるほど」

こちらも茶化した口調で返すと、犬飼は大袈裟に驚いた顔で口笛を吹いた。「それはそれは」と、揶揄《やゆ》を滲ませながらも感心してみせる。

「おまえ、恋人は？」

「いるように見えるか？」

「じゃあ、ベッドの相手は利用価値のあるジジイばかりってことか？」

「若いのもいるぞ。——まぁ、ジジイが多いのは事実だけど」

官僚や大手企業の幹部などのなかには、出世と世間体のために結婚したものの、本当は同性相手のほうがいい、という人間が結構多い。エリートになればなるほど、そういう嗜好《しこう》を持った人間の割合は増えるのだ。

だから、杉原が繋がりを持っている相手の年齢幅は広いが、それでもやはり決裁権を持つ人間のほうが多いから、平均年齢はかなり高い。三十路《みそじ》の杉原を可愛がりたい相手なのだから、それなりの年齢だ。

「おかげで少々欲求不満ぎみかな」

若くて精力溢れる相手を開拓したいところだと、冗談口調で返す。その視線の先では、逞しい肉体を持つ男が惜し気もなく裸体を曝している。

「年の功のテクニックじゃ満足できないか」

喉の奥で笑われて、

「体力ばっかりの子どもを相手にするよりはマシだけど」

シラッと返す。

他人《ひと》と肌を合わせることに、仕事上の打算と性欲解消以上の意味を見出《みいだ》せなくなって久しい。そんな相手に求めるのは、情緒ではなく直接的な快楽だ。

空になったビール缶をキッチンのダストボックスに投げ込みにいこうと腰を上げる。そのガウンの裾を、隣の男に摑まれた。

「宿代、払おうか？」

なんだ？　と問う前に、楽しげな声でそんな言葉をかけられて、振り向いた恰好のまましばし固まる。だがすぐに摑まれた裾を払って男の前に立ち、手のなかで弄《もてあそ》んでいた空のペットボトルを取り上げた。

「安宿だと思われてるんなら心外だな。おまえとリッキー、ひとりと一匹分、結構嵩《かさ》んでるんだぞ」

傷を負った身体で何ができるのかと、そんな身体で自分を満足させられるのかと、挑発も兼ねて茶化してやる。言葉遊びは長すぎてもダレるが、短すぎても楽しくないし、相手の思惑を読みきれない。

「どの程度の支払い能力があるか試してみるってのは？」

そんな言葉を背に聞きつつ、予定通りキッチンに足を向けて仕分け用のダストボックスにゴミを捨て、また男の前に戻ってくる。色事に通じる駆け引きをしているとはとても思えないその態度が杉原の経験値の高さを知らしめ、誘う男の闘争心に火をつけた。

それを、向けられる視線にこもる熱から感じ取って、杉原はしっとりと濡れた髪を掻き上げ、目を細める。長い睫が、ほのかな湯の温《ぬく》もりを残す頬に影を落とした。

「そんな表情《かお》、誰にでも見せるのか？」

「そんな表情？」

「男を発情させるエロい顔だ」

「まさか」

どこまでサービスするかは相手を見て決めると返すと、犬飼は満足げに口角に笑みを刻んだ。ガウンの腰紐を解けない程度の力で引かれて、抗《あらが》わず男の前に立つ。鍛えられた筋肉におおわれた肩に手を滑らせると、ガウンの上から腰を掴まれた。そんななんでもない刺激にも、身体の芯を疼《うず》きが走る。

「わかってて煽《あお》ってたんじゃないのか？」

細腰を布越しに撫でながら問う犬飼の表情が少しだけ苦いものを含んでいるのを見とって、逆に杉原は快哉《かいさい》の笑みを浮かべた。

「おまえが男も抱けるってことか？」

バスルームでワイシャツ一枚になってみたり、そのシャツが湯気を吸って肌に張りつく淫猥《いんわい》極まりない姿を惜し気もなく曝してみたり、ろくにパジャマも身につけずベッドに入ってみたり。そんな挑発的な行動をわざとしていたのではないかと恨みがましげに言われて、杉原は

「濡れ衣《ぎぬ》だ」と肩を竦めた。

怪我人相手に、そんなことを仕掛けたりするものか。そこまで欲求不満ではないし、節操なしでもない。

「じゃあ、おまえはいつもあれを素でやってるってことか。ストイックなエリートビジネスマンかと思いきや、とんだフェロモン魔人だな」

「……呑み屋のオヤジ並みに下品だぞ」

好きに身体を弄《いじ》らせながら、しっとりと濡れた黒髪に指を滑らせ、咎めるようにそれを軽く引っ張る。「抜けるだろ」と男が嫌がるのを、「禿《は》げる家系なのか？」と茶化しつつ、自然と距離をつめていった。

犬飼は腰にバスタオルを巻いただけの恰好。剥《む》き出しの肩には鍛えられた筋肉がのっていて、自分の腰に伸ばされた腕も、惜し気もなく曝された胸板も、所々に絆創膏が貼《は》られていたりはするものの、同様に逞しい。自分にはない逞しさと力強さを秘めた肉体だ。

「この肉体《からだ》に興味があったのは事実だけど？」

肩から胸板へ指先を滑らせながら、その弾力と張りをたしかめる。十代や二十代の瑞々《みずみず》しさとは違う、艶やかな滑らかさを持つ肌からたちのぼる牡《おす》の匂いが、杉原の五感を刺激する。

「それはこっちのセリフだ。やらしい身体しやがって」

杉原のガウンの合わせをはだけ、露わになった白い肌を観察するように犬飼が目を眇《すが》める。

ぐいっと腰を引かれて、バスタオルに包まれただけの男の腰を跨《また》ぐように、ごく自然に腰を落としてしまった。

その太腿《ふともも》に、大きな手が這わされる。ガウンの裾から忍び込んで双丘までのラインを辿り、戻ってきて膝頭《ひざがしら》を撫で擦《さす》る。

「そうかな？」

淡い、けれど官能的な刺激に胸が大きく喘《あえ》ぐのを抑え込みながら、わざとらしくとぼけてみせる。両手を男の身体に這わせ、筋肉の感触を愉《たの》しんだ。

「自覚ありまくりだろう？　両手の指じゃ足りない数のジジイども、この身体で骨抜きにしてるんだろうが」

はだけられたガウンが、細い肩からスルリと落ちる。「さあ？」と、やはりとぼけたら、大きな手に双丘を鷲掴《わしづか》まれて、左右に開くように揉《も》まれた。

空気に曝された後孔がヒクリと戦慄《わなな》く。熱を欲して、女の器官のように勝手に潤みはじめる。

跨いだ腰の下に、硬く張りつめるものの存在を感じて、杉原は喉を鳴らした。悩ましく唇を舐《な》める。

その仕種に煽られたのか、犬飼は杉原の白い胸元に鼻先を擦りつけ、その滑らかな肌の感触を愉しみながら、自分の腰の上に乗る白い太腿を悩ましく撫で擦っていた手を、胸元から首筋へと這わせた。長くて節ばった指が頤《おとがい》に添えられる。

「キスは？　していいのか？」

「……いいよ」

言いながら、自ら身を屈《かが》めた。

陰る視界のなかに精悍な相貌を映したまま、唇を触れ合わせる。乾ききらない黒髪に指を滑らせると、自分と同じシャンプーの匂いがふわりと立った。

「……んっ」

下唇を食《は》まれ、自然と唇を開いてしまう。啄《ついば》むように軽く数度触れ合わせたあと、下から掬い取るように深く合わされた。

口腔《こうこう》内を丹念に愛撫する丁寧な口づけが、身体の芯に点《とも》った焔《ほのお》を焚《た》きつける。

内腿を撫でる手は、付け根に辿り着く直前で動きを止め、その指先をやわらかな肌に食い込ませた。そんな刺激にも、奥がジクジクと疼きはじめる。口腔から濡れた音が立つ。交わす唾《だ》液《えき》が甘く感じられた。

「ベッドへ行こう」

長い口づけを名残《なごり》惜しげに解いたあと、掠れた声で先に誘ったのは杉原だった。

幸いなことに、明日は休みだ。

「じっくり確認させてもらう」

どれくらいの支払い能力があるのかを…と、挑発の言葉とともに軽く音をさせて口づけを落とす。

時間を気にすることなく愉しもうという誘いに、犬飼は言葉ではなく、杉原のガウンの腰紐を解くことで返してきた。


シーツと素肌が擦れて生まれる衣擦《きぬず》れの音とベッドスプリングが軋《きし》む音とに、淫猥な水音が混じる。

縺《もつ》れ合うようにベッドに倒れ込んだ当初、犬飼の傷の具合を気にかけていた杉原だったが、すぐにその必要のないことを、男の精力的な行動によって教えられた。

杉原の腰に絡まっていたガウンを毟り取るやいなや白い肌に貪《むさぼ》りついてきた犬飼は、杉原の余裕の表情を剝ぎ取ろうとでもいうのか、それとも数いる情人たちとの違いを見せようというのか、荒々しいまでに執拗《しつよう》な愛撫《あいぶ》を施しはじめたのだ。

全身くまなくキスを落とされ、肌に食い込む指先ひとつにも、杉原が官能を感じてやまないまでに情欲を高められる。

丹念に吸われ捏ねられて、真っ赤に腫《は》れた胸の飾りは吐息にも感じるほどに敏感になり、触れられることなく反り返った欲望の先端からは、はしたない蜜《みつ》が滴り落ちる。その奥では、やはり触れられることなく潤み、先に待ちうける喜悦を期待して口を開きはじめた器官が、ヒクヒクと戦慄いていた。

「ん……ぁ、は……っ」

白い指がもどかしげに髪を掻き、しなやかな背が撓《しな》る。

曝された喉のふくらみが物欲しげに上下するのを、直接的な刺激を与えることなく杉原の肉体を追いつめてみせた男が、満足げに目を細めて見下ろした。

大きな手が、白い太腿をぐいっと押し広げる。

やわらかな内腿の皮膚の感触を愉しむように撫でまわすくせに、その手はいっこうに杉原自身にも、その奥のやわらかな場所にも伸びてはこないのだ。

「犬…飼……っ」

濡れた声で呼ぶと、膝頭にキスを返される。余裕をかましてみせる男が憎らしくて、杉原は男の腰に太腿を絡めた。爪先《つまさき》で煽るようにその肌を撫で上げる。

「催促か？」

ときおり杉原の太腿や腰に触れる犬飼自身も、すでに充分滾《たぎ》り、先端から先走りの液さえ滴らせているというのに、このふてぶてしさはなんだろう。

「図々し…い……」

自分からねだらせようというのかと、囲い者の分際で図々しいだろうと睨むと、その濃い艶を含んだ眼差しに目を細めた男は、ゴクリと喉を鳴らした。そして、震える喉元に唇を落としてくる。

「いいな、その目。滅茶苦茶《めちゃくちゃ》にしてやりたくなる」

喉のふくらみを舐めながらそんな言葉を告げられて、杉原はおおいかぶさってきた逞しい背に、縋《すが》るように腕をまわした。助けたときに刻まれていた傷がやっと癒《い》えたその場所に、カリッと爪《つめ》を立てる。

「やれる…もの、なら……、は…ぁ、あっ！」

脇腹やら腰やらを撫で擦っていた大きな手が、内腿を撫で上げ、しなやかな足の付け根に辿り着く。それまでほうっておかれた場所をやわらかく握り込まれて、細い腰が跳ねた。

だが、喜悦に震える欲望への愛撫もそこそこに、男の指はさらに奥へと伸ばされる。長い指に擽られた入り口は、待ちかねたように蕩《とろ》けて、探る指を受け入れた。

「ん…ぁ、あ……っ」

ぐるりと内部を探った指は、すぐに杉原の感じる場所を見つけ出し、意地悪く刺激しはじめる。直接的な刺激ではなく、掠めるばかりのその動きに、煽られた内壁が淫《みだ》らに絡みついた。

もっと強くとねだるものでしかない反応に、犬飼が喉を鳴らす。

この熱くて心地好い場所に早く身を埋めたいと、男なら誰でも強い衝動を感じるだろう。責める男の下でしなやかな身をくねらす杉原がまとうのは、濃密すぎるほどの艶だった。

「奥……あつ、い……」

掠れた声の呟きに、犬飼が眉間の皺を深める。自分の痴態を、素のものか計算上のものか判断しかねる表情《かお》を向ける男に、杉原はうっすらと微笑んでみせた。

それに小さく毒づいて、犬飼は杉原の太腿を掴む手に力を込めてくる。遠慮なく広げられ、曝された場所に、熱く硬いものが擦りつけられた。

「ん……っ、あぁ……っ」

粘着質な音を立てて、滾った欲望が狭間《はざま》を刺激する。蠢《うごめ》く襞《ひだ》が誘い込むように硬い切っ先に絡みついた。

それに抗わず、犬飼はゆっくりと身を進める。

いくら慣れているとはいえ、もともとその機能を持たない狭い場所をじわじわと押し広げられる感触に、杉原は白い喉を仰《の》け反《ぞ》らせ、大きく胸を喘がせた。

内臓を押し上げられるような圧迫感の向こうから、せり上がってくる熱い情動。埋め込まれる熱杭は太く猛々《たけだけ》しく、蕩けた内壁を焼く。奥深くまで埋め込まれた欲望は力強く脈打って、杉原の締めつけに応えるように、さらに熱く張りつめた。

「すご……深い、し……大き……」

直截《ちょくせつ》すぎる表現に、賞賛をいただいた犬飼のほうが苦笑を零す。

行為に慣れた杉原が困惑を感じるほどに、埋め込まれた犬飼自身は、杉原の体内でその存在

を主張していたのだ。

「お気に召していただけたようで何よりだが――」

胸が押し潰されるような圧迫感が襲って、腰がシーツから浮く。

「本番はこれからだ」

不敵な声音が耳朶《じだ》に落ちてきた直後、激しい突き上げが杉原を襲った。

「――……っ！　や…ぁ、あぁっ、は…っ」

力強く突き込まれ、奥深くまで抉《えぐ》られて、そこから生まれる強烈な刺激に、悲鳴にも似た嬌《きょう》声《せい》が迸《ほとばし》る。のたうつ身体を押さえ込む腕の力強さにも官能を煽られて、瞼の裏が真っ赤に染まるほどの快感の淵《ふち》に突き落とされた。

久しく経験していなかった激しさに、肉欲に溺《おぼ》れる術《すべ》を知る身体は歓喜し、与えられる熱を奔放に貪る。男の腰に太腿を絡め、もっと深くもっと激しくと煽りたてながら、ねだる卑猥な言葉を惜し気もなく口にした。

「い…い、も……っと、あぁ……っ」

やわらかな髪を振り乱し、掠れた声を上げる。牡を包み込む場所は淫らに蠕《ぜん》動《どう》を繰り返し、滾る熱を締めつけ絞り込む。

「あっ、あぁっ、や…ぁ、んんっ、……っ」

繋がった場所から生まれる濡れた卑猥な音が大きくなって、振り乱れる髪から汗が飛び散る。

艶めいた喘ぎと荒い呼吸が重なり、ふたりは一気に頂《いただき》へと駆け上った。

「――……っ!!」

「……くっ」

激しく小刻みな動きを見せていた律動がビクリと動きを止めて、杉原は声にならない声を迸らせ、犬飼は低い呻きを零す。

最奥《さいおう》に熱い迸りを感じて、直接汚される背徳感に、細波《さざなみ》のように肌が震えた。

「は…ぁ、……っ」

余韻に喉が鳴る。

埋め込まれたままの欲望の存在をたしかめるように腰を揺らしてしまう。

「……んっ」

酸素を求めて開いた唇に舌を差し込まれて、息苦しさに喘ぎながらも、のしかかる肩に手を滑らせ、逞しい首に腕を巻きつけた。男の腰に絡めた太腿は、そのままだ。

「まだ足りなそうだな」

たっぷりと杉原の口腔を貪って、ろくに呂律《ろれつ》もまわらない状態に追い込んで、犬飼は愉しそうに問いかけてくる。当然、すぐに言葉を返せなくて、杉原はむずかるように身体をくねらせた。

「ん……」

今度こそ胸いっぱいに酸素を吸い込んで、霞《かす》む思考を繋ぎ止める。応えを返せないでいる杉原のかわりに、犬飼が言葉を継いだ。

「このままつづけていいか？」

ゆるりと腰をまわされて、杉原は背を震わせる。

見上げる瞳に不満を込めると、犬飼は薄く笑って、瞼の上に淡いキスを落としてきた。

「どうしたい？」

「……うしろから」

掠れた声で、不埒な要望を返す。

「滅茶苦茶に、したいんだろう？」

濡れた唇の端をくっと上げて微笑《ほほえ》めば、挑発を受け取った男は「あとで泣くなよ」と、内部で力を取り戻しつつある欲望をゆっくりと前後させた。

「いいから……もっと……」

早く…と急《せ》かせば、杉原の内部が再び蠢きはじめたのを感じ取った男が、いったん身を引く。大きな手に腰骨を摑まれ、身体を裏返されて、腰だけ高く突き出したような卑猥極まりない恰好に持ち込まれた。

「あ…ぁっ、ふ……」

爛《ただ》れた器官に、力を取り戻した熱杭が、再び埋め込まれる。先ほど吐き出したものの滑《ぬめ》りを借りて、それは難なく杉原の内部に根元まで納まってしまった。

抱き締めた枕《まくら》に顔を埋めて、ねっとりと腰を揺らす。杉原の申し出を甘んじて受け取った犬飼は、先ほど以上に濃厚に執拗に、淫らな肉体を貪った。

紡ぎ出される快楽は、声を発するのも困難なほどの濃密さで、汗に濡れる肢体を包み込む。淫獣《いんじゅう》と化した肉体を持て余すこともなく甘受して、ふたりは欲望に溺れた。

繋がって果てて、浅い眠りに落ち、どちらからともなく覚醒して、身体の芯に残る熱の存在に気づき、腕のなかの身体に手を伸ばす。その繰り返し。

明け方、気絶するように眠りに落ちるまで、過去に経験のないほどの深い快楽に、高い経験値を持つ大人であるはずのふたりは翻弄されつづけた。

4

つまりは、頑張りすぎた、ということらしい。

抱き合った翌朝——といっても、すでに昼過ぎだったが——気だるさを残した身体に絡みつく腕のなかで目覚めた杉原《すぎはら》は、その、過去に経験のない状況に呆然とすることしばし、逞しい胸板を自分の枕に差し出していた男の様子がおかしいことに、ややあって気づいた。

低い呻きと浅い呼吸。

アバラの骨折部分が、昨夜の激しい運動によって炎症を起こした。ようするに、治りきっていなかったのだ。

「最初でダメ出しされたら次はないと思ったから……」

思わず頭を抱えた杉原の耳が拾ったのは、なんとも形容し難い呟き。ロクでもない言い訳を口にする男を呆れた眼差しで睨んで、返す言葉を探す。

「……バカか?」

情事の翌朝だというのに、最初に発したセリフがこれだった。色気もへったくれもないとはこのことだ。

「言うなよ」

苦笑する男は、ベッドに身体を横たえ、痛みに眉を寄せながらも、どこか余裕のうかがえる表情だ。

わかっていて無理をした、というより、年甲斐《がい》もなく発情して、欲望に流されてしまった自分の行動を「我ながら青いな」と自嘲《じちょう》している顔。そんな自分自身を、楽しんでいる顔だ。

それは杉原も同様で、久しぶりに行為に溺れた。〝身体の相性〟という言葉の意味を思い知った気分だ。

「体力には自信があったんだが」

「傷が治りきってないんだから、しかたないだろう」

男に寄り添うように半裸の身体を投げ出した恰好のまま、その額に手を添え、熱がないことをたしかめて、杉原はへの字に曲げられた唇に自分のそれをそっと寄せた。軽く口づけて、すぐに離れる。

「まぁいいさ。期待以上だったからな」

湿布でも貼って今日はおとなしくしていろと忠告すると、

「その言葉は、そっくりそのまま返させてもらう。——おまえ、ヤバすぎだ」

大きな手で杉原の頬を撫で、犬飼《いぬがい》は今一度口づけを求めてきた。

返された言葉にはクスクス笑いで応えて、求められるまま今度はゆっくりと唇を合わせる。深く探ることはせず、じゃれ合うように互いの舌の甘さを味わった。


そんなやりとりをした朝から、すでに数日。

連日の濃密なスキンシップの効果か、それとも犬飼が家事を引き受けるようになってからバランスよく摂取するようになった食事——とくに朝食の影響か、肌艶はもとより杉原の体調はすこぶる良好で、思考のキレは素晴らしく、もともと滑りのいい舌はさらになめらかに、社長室一帯に心地好い緊張感をもたらしていた。

だが、仕事のまわりがいいために、秘書室の面々には「室長絶好調ね～」ですまされる話も、〝舌好調《ぜっこうちょう》〟の被害をモロにこうむることとなる憐《あわ》れな人間にとってはスルーできる事象ではない。オフィスにおいてその被害の対象となっているのは、若干一名である。

「なんです？　社長？」

ここ数日、もの問いたげな視線を向けられていることには気づいていたものの、あえて無視していた杉原だったが、そろそろ集中してもらわないと困ると思い、書類を整理する手を止めた。

「……いや」

私の顔に何かついていますか？　と満面の笑みを向けてやったら、異母弟は頬を強張《こわば》らせ、逃げるように視線を逸《そ》らす。それでもやはり気になるのか、書類にサインをする手はよどみなく動かしながら、ボソリと呟いた。

「なんか……機嫌いいな」

さすがは弟。兄の様子が違うのを、たまたま機嫌がいいだけだとは思っていない口ぶりだ。

だが、弟に自分が浮き足立っていることを指摘されて素直に認められるほど、杉原は素直な性格をしてはいなかった。

結果、可哀相な弟は、ただでさえ〝舌好調〟の餌食《えじき》になっていたところへ、さらなる追撃を食らって撃沈するはめに陥る。

「そうですか？　毎日、鼻の下を伸ばしていそいそと帰っていかれるどなたかほどではないと思いますが？　先日は中華だったそうですね？　美味しかったですか？」

「……」

ヒクリ…と、弟の口許が引き攣《つ》った。堂々としていればいいものを、はじめて本命の相手と想いを通じ合わせたばかりの弟は、揶揄《からか》われるとどう反応していいかわからないらしい。まったく可愛らしいことだ。

「でも、彼も一日中店に立っているわけですから、家事まで全部やらせていたら、夜まで体力がもたなくないですか？」

「……っ、皿洗いくらいしてるぞ」

「食洗機を買ってさしあげたほうがよほど役に立つと思いますよ」

「……そうする」

十代のころから硬派を気取るこの弟は、自分と同じ血を半分引いているとは思えないほど、まっすぐな気性の持ち主だ。だからこそ、おちょくるのが楽しくてしかたないのだが。

「おまえに家事能力なんて誰も期待してないよ。せめてゴミ出しと掃除くらい手伝ってあげなさい」

秘書の表情を解き、兄の顔で忠告してやる。言われるまでもないと思ったのだろう、眉間にわかりやすい皺を刻んだ弟は、ボソリと言葉を返してきた。

「自分だって、全部業者まかせだろうが」

やり返したい気持ちはあるものの、面と向かって言う勇気はないらしい。

「何か言ったか？」

「……なにも」

ムッツリと口を噤んで、決裁の済んだ書類を差し出してきた。

それを受け取って、綺麗にセットされた髪をくしゃっと掻き混ぜてやる。「やめろよっ」と、上体を引いて逃げるのを追いかけて、リッキーの毛ざわりを楽しむように弟の髪を撫でた。乱れた髪を手櫛《てぐし》で梳いて整えてやって、兄弟の時間はここで終わり、だ。

「手早く決裁を済ませていただきましたので、会議まで時間ができましたね。コーヒーをお持ちいたします」

一礼をして、社長室を辞する。

ひととき弟とのスキンシップを堪能して秘書室に戻った杉原を待っていたのは、慌ただしい日常だった。

「室長、明日の会食ですが、先方から今日に前倒しできないかという申し出がたった今入りましたが、いかがいたしましょう？」

第一の部下である御局様が、電話のメモを手に杉原の傍らに立った。

「――ったく、またか。あそこは本当にスケジュール管理がずさんで困るな」

弟の恋人には悪いが、今日は午前様になるだろう。会食相手は、自分は時間にルーズなくせして、ズルズルと場を長引かせるのが好きな面倒な人物だ。こんなふうに、自分の都合で直前の予定変更なんてことも平然とする。それを諌《いさ》める側近のひとりもいないのかと毒づくものの、生粋《きっすい》のヘテロ嗜好らしく、杉原の裏の手も通じない。

「しかたない、調整してくれ。そうだな、広報の取材を明日の会議のあとに入れて、最後の打ち合わせを前倒しすれば、なんとかギリギリに社を出られるだろう」

「かしこまりました。そのように手配します」

ということはつまり、社長に付き添う自分も、午前様覚悟ということになる。

――今日は早くに帰れると言ってしまったんだが……。

今朝、出がけのやりとりを思い出して、杉原はチラリと腕時計に視線を落とした。早くに帰れるのなら、夕食には少々手の込んだものをつくろうと犬飼が言い出したのだ。

仕事を終えてまっすぐに帰宅したとしても、一般的サラリーマンの帰宅時間よりずっと遅い時間にしか帰れない毎日を送る杉原だから、いつもはつくりおきのきくものとか、温めなおして食べてもかまわないものとか、杉原の分だけ冷蔵庫に保存しておけるような料理とか、食卓に並ぶのは簡単で家庭的なメニューが中心だ。

だが、夕食に時間をかけられるなら、できたてが美味しいものとか、ゆっくりと味わいたいものとか、少し特別なメニューにしようと提案してきたのだ。

だったら週末にやればいいだろうと言われそうだが、週末は週末で別の予定が立っている。時間を忘れて、飽きるまでヤりまくろうという爛れたものだ。

「電話しておくか」

廊下に出たついでに、自宅のナンバーをコールする。当然、家人が留守であるはずの杉原宅の家電《いえでん》は留守電になっている。いいかげん傷も癒えた犬飼が、杉原が留守の昼間に何をしてすごしているのかは知らないが、下手な一戸建ての庭よりも広いベランダでリッキーと遊んでいるか、家事に勤《いそ》しんでいるかといったところだろう。

録音に変わった時点で呼びかければ出るだろうと思い、コールしたのだが、思いがけず呼び出し音は鳴らなかった。

「……?」

鼓膜に届くのは、ツーツーという通話中を知らせる音。

犬飼が電話を使っているのか、それとも外からかかってきた電話が用件を留守電に録音している最中なのか。

これだけ携帯電話が普及した昨今、家電の留守電に用件を吹き込む相手は少ない。仕事上、必要あってＦＡＸ電話を置いているが、家電のＦＡＸ以外の機能など、購入以来ほとんど使った記憶がないほどだ。

だが、自宅で仕事をせざるをえない状況に陥ったときにＦＡＸを受け取ることはあっても、自分がいないときにＦＡＸを送ってくる相手など思いつかない。仕事関係なら会社宛《あて》に送られてくるし、それ以前にペーパーレス化が進んだ結果、最近はメール添付でデータが送られてくる場合がほとんどだ。

となると、犬飼が使っているということになるが……。

「……」

携帯電話を耳から離し、思わずディスプレイを眺めてしまう。

あの男はただの情人ではない。逃亡者だ。犯罪者かもしれない男だ。

頭ではそれを理解しているはずなのに、切迫感も危機感もないのは、心情的に本当の意味でそれを理解し受け入れていないからかもしれない。

あるいは、犬飼の持つ雰囲気のせいか……。

逃亡者であるはずなのに、飄々と、悪びれることなく、悠然と日常生活を送っている。

そもそもあの男は、いったい何から逃げているのだろう。あの夜犬飼を追っていた男たちはいったい……。

そんな男が、杉原の目のないときに電話を使っているのだとしたら、それは何を意味するのか。

逃亡計画?

それとも――いるかどうかは知らないが――仲間への生存報告だろうか。

傷が癒えた逃亡者は、来たるべき日に備えはじめている?

「今」が仮初であることを、いつまでもつづくわけもない生活であることを、思い出す。終わりが見えている関係であることを……。

用件を済ませたあと、三十分ほど時間をあけてからもう一度かけたら、電話はあっさりと繋がった。

『どうした?』

犬飼の声に、変わったところはない。

「すまないが、今晩の予定はキャンセルだ。スケジュールに急な変更が出た」

『そうか、残念だな。遅くなるのか？』

「ああ、たぶん深夜になるから、先に休んでてくれ」

『わかった』

「……」

『……どうした？』

用件が終わったのに通話を切ろうとしない杉原を訝って、犬飼が問いかけてくる。

「いや……」

どこかから電話がかかってきていたのか？

先ほど通話中になっていた理由を問おうとして、しかし簡単な言葉が紡げず、杉原はそんな自分に戸惑った。

逃亡の手配は整ったのか？　と、軽く訊いてやればいいものを。必要なものがあれば言ってくれと、突っ込んでやればいいものを。

「リッキーの餌、まだあったっけ？」

かわりに、どうでもいい言葉を紡いでしまう。

『ああ、大丈夫だ。食材も、足りないものは……ないな』

電話の向こうから冷蔵庫を開け閉めする音が聞こえた。

「わかった。じゃあ」

通話を切った携帯電話を、やはりじっと見つめてしまう。まとまらない思考をなんとかまとめようと奮闘することしばし、

「杉原室長！」

その背に声がかかって、杉原は瞬時にビジネスマンの顔に戻り、振り返った。


その夜、杉原が帰宅すると、犬飼はリビングで本を読んでいた。杉原の書斎から持ち出したらしい、海外作家の推理小説だ。

リッキーはケージのなか、杉原の姿をみとめると、ピクリと耳を反応させた。そして小さく鼻を鳴らす。

「おかえり。思ったより早かったんだな」

「ただいま。起きてたのか」

よくよく考えれば、この男相手に「ただいま」なんて言うのも妙な話だと感じながらも、すでに日常に組み込まれてしまって久しい。だが、杉原の腰を引き寄せ、軽く口づけてくるこの行為は、あの夜以来、新たに追加されたものだ。

「酒の匂いがするな」

「会食だったんだ。ほとんど呑まされてただけだったけどな」

自分も弟の一獅《かずし》もアルコールには耐性があるからいいが、普通ならすでに相当へべれけになっているだろう量を呑まされた。

それでも覚悟したよりずっと早くに帰宅できたのは、延々と付き合わされてはたまらないと思ったらしい弟が、かつて見たことがないほど愛想のいい顔で酒の相手をし、呑むより呑ませることに成功したためだ。早い話が、向こうが先に潰れたのだ。

「弟くんのがんばりの成果か」

「可愛い恋人が待ってるから、さっさと帰りたかったらしい」

弟の行動の根底にあるものは、わかりやすすぎて実に微笑ましい。杉原の立場としては、原動力がなんであれ、仕事に邁進《まいしん》してくれればそれでいいからかまわないのだが。

「健気《けなげ》な青年だな」

「兄《自分》の育て方がよかったんだ」

自分と弟を比べてのセリフであることがわかったから、軽口で返すと、犬飼はひょいっと肩を竦め、杉原の腰から腕を解いた。

「シャワー浴びてこいよ。その間に軽いものを用意してやる」

会食とはいっても、どうせ呑むばかりでたいしたものを胃に入れてないのだろう？　と言われて頷き、杉原はネクタイのノットを緩めつつバスルームに向かう。

その途中で、リビングの隅に置かれた家電の留守電ボタンを解除しようとして、それが点滅していないことに気づいた。

外からは、かかってきていない。

ＦＡＸの受信履歴もない。

――……。

視線を感じて首を巡らせると、ケージのなかからリッキーがこちらを見つめていた。いつもはバスルームに向かう前にリッキーのケージに足を向けるのに、今日はどういうわけかまっすぐにドアへと向かってしまったらしい。ドアの横には、電話が置かれている。

自分の行動を心理状態とともに分析して、ため息をつく。そして、ケージに足を向けた。

「いい子にしてたか？　たまには尻尾くらい振ってみせろよ」

杉原に好きに撫でさせながらも、相変わらずリッキーは、尻尾を振るわけでもなく、喜び勇んでケージから飛び出してくるでもなく、実におとなしい。

「ま、おまえみたいなでっかいのに飛びつかれたら、支えきれないだろうけど」

そう言う声に滲むのは、少しの寂しさだ。

リッキーの態度が、「今」の儚さを知らしめているようで、でもクールさを装う大人の理性が、それを口に出すことを躊躇《ためら》わせる。

ひとつ息を吐《つ》いて、腰を上げ、バスルームへ向かう。

リビングを出ていく細い背を、黒いふたつの獣の目と、そしてキッチンで包丁を握っていたはずの男の目とが、じっと見据えていた。


犬飼がリッキーを散歩させたいなどと言い出したのは、その週末のことだった。しかも深夜になってから。

散歩？　こんな時間から？　と、問い返すことはできなかった。

昼間出歩くのは憚られる。だが、いくら広いとはいえベランダでの運動で、大型犬のリッキーに足りるはずもない。

夜間に犬の散歩をさせる人もいるが、さすがに日付も変わったあと、公園に出向く者は少ないはずだ。

「飽きるまでヤるんじゃなかったのか？」

「散歩から帰ってきてからでもいいだろう？」

最初のときに杉原が適当に買い漁ってきたペット用品のなかから大型犬用のリードを取り出してリッキーの首輪に装着しつつ、犬飼は笑った。冗談半分に口にしただけのことだから、杉原も黙って頷く。外に出てまずくないのか？　とは、あえて訊かなかった。

マンションから少し歩いたところに公園がある。

公園とはいっても、遊具があるような児童公園ではなく、大人が寛《くつろ》げる場所としてつくられた緑地のような場所だ。うねった散歩道とその先の芝生、ベンチに噴水、マラソンコースの周囲だけは犬の散歩が許されている。

マンションから緑地まで、犬飼の横にピタリとついて歩調を合わせ、リッキーはまるで躾教室の見本のような散歩の様子を見せた。そのリッキーのリードを握る犬飼も、一般人がペットの犬を散歩させている姿には到底見えない。

どこがどう違うのかと訊かれても、動物を飼った経験のない杉原にはわからないが、脳が記憶する、街中でよく見かける犬の散歩風景と、どこか合致しないのだ。

どうにも拭《ぬぐ》えない違和感を抱えつつ、杉原は途中のコンビニで買ったホットドリンクを手にベンチに腰かけ、少し離れたところでリッキーに運動をさせる犬飼の姿を見つめる。

ほかに人影がないのをいいことに、ベンチや噴水、水飲み場などをうまく利用して障害物に見立て、人間でいうところの障害物競争のようなことをさせているのだ。

そういえば、テレビでこんな風景を見た記憶があるなぁと思いながら、華麗な俊敏さで障害をクリアしていくリッキーの鍛えられた動きに見入った。

犬飼は英語でコマンドを出している。

それを聞くリッキーは完璧な反応で、まるで鍛え抜かれたスポーツ選手のようにも見えた。

――いや、スポーツ選手というよりは、兵士……。

そんな思考が過って、なぜがハッとさせられる。同時に、リッキーに指示を出しながら自分も身体を動かす犬飼にも、同じ印象を抱いた。鍛え抜かれた肉体とその反応は、普通人ではありえない。

すっかりと傷が癒えたらしい身体をおおう筋肉は、スポーツジムで鍛えたものではない。もっと実践的な何かによって、その必要があって鍛えられたもののように見える。

学生時代からずっと武道かスポーツをやっていたのかもしれないし、たぶんその予想ははずれていないのだろうが、それだけではない印象を受けるのだ。

いろいろと気になることはあるものの、かといって問う気にもなれないでいる自分。電話の通話記録だって、調べようと思えば調べられるのに、それをする気もない。調べれば、どこにかけていたのかわかるかもしれないというのに。

助けたとき、犬飼は携帯電話を所持していなかった。だから、家電を使う可能性は高い。人目のある昼間に外に出て、最近では少なくなってしまった公衆電話を探して使う可能性は低いだろう。テレフォンカードだってない。つまり、あの日電話が繋がらなかった理由として、犬飼が使用していた可能性は限りなく百パーセントに近い、ということだ。

「どうしたんだ？　眠いのか？」

「いや……」

気がつくと、目の前に額に汗を浮かべた男の顔があった。足元には、お行儀よくお座りするリッキー。

ポケットから取り出したハンカチで男の汗を拭ってやって、ベンチに置いてあったレジ袋からペットボトルを取り出して渡す。そのキャップを捻《ひね》りつつ、犬飼は杉原の隣に腰を下ろした。

「久しぶりにいい運動をした」

「リッキーも嬉しそうにしてるな」

さすがに息がきれたのか、舌を出してはっはっと息をついている。首を撫でてやると、クゥンと鼻を鳴らした。

「広いところを走ったの、久しぶりだからな」

「犬って、毎日運動させないとダメなんだろう？」

「まぁな」

リッキーの背を撫でる犬飼の横顔をうかがっていたら、その顔がおもむろにこちらを向いて、近づいてくることに気づく。不自然な姿勢のまま唇を合わされて、深めることもできず、ただ啄まれるにまかせた。

「場所をわきまえろよ」

「誰も見てない」

諌めても平然と受け流されて、肩を引き寄せられる。

「部屋に戻って、ゆっくりヤればいいだろう?」

そう言ったのは自分ではないか。しかも、そもその約束をあとまわしにして、公園にやってきた。

「ダメか?」

唇を触れ合わせた恰好で、大きな手に首筋を撫で上げられながら問われて、杉原は目を細める。汗をまとった男の匂いが鼻腔《びこう》を擽って、背筋にジン…ッと痺れが走った。

「はじめたら、途中でとまれない。ここじゃ、朝までってわけにはいかないじゃないか」

特殊な趣味は持ち合わせていない。誰に見られるかもしれないこんな場所でなんて冗談じゃないと思いながらも強く拒絶したりはせず、やんわりと誘い文句とともに窘《たしな》めた。強い抵抗は、牡の欲情を煽るだけで逆効果だ。

「ものは言いよう、だな」

了解したと受け取れる言葉をはきつつも、犬飼の手は杉原の首筋と太腿から放れない。

「セクハラオヤジみたいに」

厭らしい動きを見せる、太腿を撫でる手の甲を軽く抓《つね》ると、今度はその手を握られた。指を絡められて、それを払おうとすると力を込められる。

「おい」

咎めても、飄々と受け流す。あまつさえ再び唇を寄せられて、ムッとさせられた杉原は、その上唇に軽く噛みついた。犬飼は、目を丸くしたものの、たまりかねたように肩を揺らして笑っている。

「リッキーが物足りなさそうにしてるぞ」

男の肩を押し返し、足元にお座りする忠犬に視線を落とす。クゥンと鼻を鳴らしたリッキーは、主の表情をうかがうように黒い瞳を向けた。

「ずっと運動不足だったんだろ？　相手してやれよ」

リッキーは、もっと遊んでくれとねだったりはしていない。けれど、じっと座って待つ姿が、いつもよりずっと活《い》き活きしているように見えたのだ。

「おまえも一緒にどうだ？」

誘われて、自分も？　と思わず問い返してしまう。だが、嬉しそうに犬飼についていくリッキーの横顔をしばし見やって、それから首を横に振った。リッキーが求めているのは主である犬飼であって、自分との触れ合いではないと感じたからだ。

「いいよ。見てる」

それから小一時間あまり。

追われる立場にあるはずのひとりと一匹は、危機感も警戒心もまるで感じていない様子で公園を駆けまわり、見守る杉原の目を楽しませた。

網膜に映るのは、長閑《のどか》な日常風景だ。明るい陽の下ではないにせよ、それでも事情を知らない第三者の目には幸福な情景に映るだろう。

けれど、違う。

だが、「違う」とわかっても、それだけだ。

それ以上の何も、杉原には知り得ない。

鍛えられた肉体を持った正体不明の男と、かなり特殊な訓練だか躾だかを施された大型犬。胡散臭さ極まりない存在を前に、和《なご》む自分こそが不可解で、杉原は深いため息とともに、ベンチ脇のゴミ箱に空になった缶とペットボトルを放った。

深夜の公園は静かで、公園を棲《す》み処《か》にしている野良猫の鳴き声と、少し離れたところを走る幹線道路から届く大型車の走行音くらいしか鼓膜には届かない。たまに響くバイクの甲高いエンジン音がやけに煩《うるさ》く感じられるほどだ。

そこに、リッキーの荒い息遣いと、近所迷惑にならない程度の声量でコマンドを出す男の声が混じる。

突然、鼓膜が異質な音を拾う。

それは徐々に大きくなってきて、深夜の住宅街にわずかな緊張感をもたらした。

パトカーのサイレンと、もうひとつは消防車のものだ。対向車などに注意を呼びかける拡声器からの声もかすかに届く。

火事だろうか、それとも交通事故だろうか。最近は交通事故でも、消防車が駆けつける場面がまま見られる。

申し訳ないが、今の杉原にとっては他人事だ。

サイレンを聞いても、現場が目に見える範囲にでもない限りは、近くなのかな…と、考えるくらいが普通の感覚だろう。

そんなことを思いながら幹線道路方面に視線を投げていた杉原は、ふいに肌を焼く尖《とが》った感覚を感知して、首を巡らせた。

視線の先、芝生の広場の中央あたりで、月明かりに照らされて、杉原と同じく幹線道路方面に視線を向けるひとりと一匹。

大地に四肢をふんばり、獣特有の鋭い目をしたリッキーと、その傍らに片膝をつき、忠犬の首のあたりに手を添えている犬飼。

その目の鋭さに、杉原は静かに息を呑んだ。

傍らの、本当の意味での獣以上に、獣《けだもの》じみた色を、その目に見てしまったからだ。

細められた目と寄せられた精悍な眉。その視線の先にいったい何を捉えているのか。辿っても、そこには虚空しかないように見える。あるのはただ、公園を取り囲む樹木がつくる、暗い影だけだ。

「ワフッ」

リッキーが吠えた。

リッキーの吠え声を聞いたのは、まだ二度目であることに気づく。犬飼を助けたときも、追っ手を憚って、リッキーは気配を消していた。そのリッキーが、存在の見えないものに対して吠えるなんて……。

「大丈夫だ」

低い声をかけながら、男の大きな手がリッキーの背を撫でる。

「クゥン」

もの言いたげに、忠犬は主を見上げた。

そこに、入り込めない絆《きずな》を見る。彼らがなぜ追われているのかはわからなくても、男が見せる余裕の表情《かお》の理由には合点がいった。リッキーがいるからだ。

そのリッキーが、警戒心を漲《みなぎ》らせている。

何に対して？　サイレンに？　それとも暗闇に？　人間には……いや、杉原には感じ取れない何かの気配に？

「どうした？　ボーッとして」

「……え？」

気づけば、少し先の芝生の上にいたはずのひとりと一匹が、目の前に。

考えごとに耽《ふけ》っていたところを立てつづけに二度も現実に引き戻されて、杉原が取り繕う言葉を探すより早く、犬飼が口許を緩めた。

「付き合わせて悪かったな」

「……いや、……！　何……」

二の腕を摑まれてベンチから身体を引き上げられ、腰に男の腕がまわされる。

「帰って、たっぷりイイコトしようぜ」

踵《かかと》が浮いて、唇が塞がれた。

汗の浮いた項《うなじ》に指を滑らせ、黒く艶やかな後ろ髪を梳き上げて、それから首を引き寄せるように腕をまわす。身体を擦り寄せると、腰を支える手が背筋をゆっくりと撫で上げた。

口づけを解いて瞼を上げ、間近に精悍な相貌を見る。自分を映す黒い瞳には、先ほど見た鋭さはない。

「やっぱり、ここでもよかったかも」

急に時間が惜しい気がして、杉原は苦笑を零した。

「さすがに時間切れだ。星空の下で愉しむのは、また今度にしよう」

夜明けに向かう住宅街に、一番早い新聞配達のバイクの音が聞こえる。しばらくの間に数社の配達員が順次、街を走りまわりはじめるだろう。

「見せつけてやろう、ぐらい言うかと思ったのに」

手を滑らせ、首から肩への筋肉の張りを愉しみながら笑うと、

「おまえのイイ顔を、どこの誰とも知れない新聞配達員に？　そんな勿体《もったい》ないことができるか」

双丘を鷲摑んだ大きな手が、燻《くすぶ》る熱を焚きつけるように薄い肉を揉む。

磁力に引かれるように触れそうになる唇を、ふたりは意志の力で引き剝がした。もう一度口づけてしまったら、欲望が抑えきれなくなって、マンションに戻れなくなる。

「帰るぞ、リッキー」

黒い瞳にふたりを映していた忠犬が、「ワフッ」と返事をする。その首輪に、ベンチに投げ出してあったリードを繫いで、ふたりと一匹は明け方の公園をあとにした。

5

オフィスに届けられる新聞に隅から隅まで目を通すのは以前からの日課だったが、メインの経済面にプラスして、地域の事故や事件に絡む記事にも念入りに目を通すようになって、すでに結構時間が経つ。

つまりは、犬飼《いぬがい》とリッキーを匿うようになって、それなりに時間が過ぎている、ということだ。

犬飼を追っていたのは、いかにもチンピラ風の一団だった。負っていた怪我には、殴られただけではないもっと剣呑なものも含まれていた。

となると、暴力団がらみ、という結論が単純に一番導き出されやすいものになるのではないかと思うのだが、暴力団がらみの事件の記事は見つけても、そこに人間と犬一匹を結びつけることができない。

これがたとえばドラマなら、いったいどんな展開が用意されているのだろう。

そんなことを考えるものの、そういったものをほとんど目にする機会のない杉原《すぎはら》には想像がつかなかった。映画ならまだしも、テレビドラマや小説、漫画などの類《たぐい》に、杉原はあまり興味がない。

以前、犬飼が杉原の書棚から持ち出して読んでいた推理小説は、数少ないフィクションものの蔵書だ。それも自分が読みたくて買ったものではなく、出張時の長時間の移動に弟が退屈しないようにと、適当に買い漁った文庫のなかの一冊だったりする。

あまり考えたことがなかったが、何気に自分は想像力欠如な人間なのだろうか。新聞を睨むようにめくりながら、杉原は唸《うな》った。

「室長？」

呼ばれて顔を上げると、早番のランチから戻ってきたところらしい部下の姿。

「どうなさいました？　何か面白い記事でも？」

新聞を読んで唸っている上司の姿に首を傾げてみせるのは、杉原の右腕でもある御局様と、一番の若手のふたりだった。

「いや……」

返す言葉を探していると、そんな上司の様子をどう受け取ったのか、広げられた新聞に目を落として、御局様が顔を曇らせる。

「最近ぶっそうな事件が多いですわね」

たまたまだったがそこには、つい最近テレビを賑《にぎ》わせた人命にかかわる事件に関する記事が二つ三つ、並んでいた。どれもこれも、眉を顰めたくなるようなものばかりだ。

「ちょうどお昼にも、そんな話をしていたんですよ」

「そんな？」

「家《うち》に、刑事が来たって話です」

御局様の言葉を継いだ若い部下のほうは、新聞に報じられる事件の数々をそれほど深刻には捉えていない様子で、話を転がしはじめる。

「刑事？」

一般人の一般的な生活においてはあまり口にすることのない単語と内容を聞いて、杉原は眉根を寄せた。

「ええ、聞き込みってやつですか？　ドラマとかでよくある、本当にあんな感じで。こんな体験二度とないだろうなって、妹とふたり、ビックリしちゃって……刑事さんって、ホントにふたり一組なんですね～」

そんな消化に悪そうな話を、ランチをとりながらしていたのかこのふたりは。

ちなみに彼女は地方の出身で、ふたつ下の妹と同居している。御局様のほうはバツイチで、社内結婚だった元旦那《だんな》は今、関東郊外の支店長に納まっていたはずだ。

「何か事件でもあったのか？」

部下の住まいの近くで事件があったのだとしたら危険ではないかと思い、気をつけるように

と言葉をかけるつもりで問うと、

「さあ…。なんでも捜査途中だとかで、あんまり詳しいこと教えてくれなかったんですよ。気になることはないですかとか、不審人物を見かけませんでしたかとか、そんな感じでした」

「でも、言葉は丁寧でも威圧感たっぷりなんですよね〜」と、そのときのことを思い出したのか、彼女は不快そうに眉間に皺を刻む。

「しかも、所轄署の人じゃなくて、警視庁の刑事さんだったんですよ。だから余計ビックリだったんです」

「本庁？　なんだか物騒だな」

そんな大きな事件など、この界隈《かいわい》であっただろうか。

そんな思考が咄嗟《とっさ》に過って、次にゾクリと背が震えた。自分が今何をしているのか、自宅に何者を囲っているのか、思い出したからだ。そして、部下の住まいがどのあたりなのか、も……。

犬飼を拾った場所と、それほど離れていない。近いといえる距離ではないが、子どもの足でも充分歩ける距離だ。

――まさか、犬飼とリッキーを捜しているとか？

チンピラに追われ、警察に追われ……あの男はいったい何をしたのだろう。犬飼にかかわる事件と決まったわけではないが、なぜか嫌な予感がした。

「帰宅途中のＯＬが襲われる事件もあったからね。ふたりとも気をつけてくれよ。あまり残業が増えないように私も注意するが……」

ヒヤリとした感情を見透かされまいと、適当な言葉を探し、紡ぐ。

するとふたりは、片や酸いも甘いも噛み分けたしたたかな笑みを、片や無邪気で元気な笑みを浮かべて、逆に杉原を気遣ってきた。

「大丈夫ですよ」

「室長こそ、ここ最近お顔の色もすぐれませんし、ご無理はなさらないでください」

きっと、言う機会をうかがっていたのだろう、御局様に忠言をもらって、杉原は硬質な眼鏡の奥で長い睫を瞬かせた。

「そうかな？」

「ええ、一時期とても調子がいいようでしたのに……」

まさしく〝舌好調〟だった時期のことを持ち出されて、我ながららしくもなく浮かれていたらしいと、いまさらのように自嘲を零す。

「調子に乗って一獅《かずし》をイジメすぎたかな」

少々砕けた口調で言って、困った顔をしてみせると、

「室長が静かで怖いって、社長も心配してらっしゃいました」

御局様はクスクスと肩を揺らして笑った。

「ふうん。じゃあ、邪魔しにいくか」

「馬に蹴られますわよ。ほどほどになさいませ」

毎日恒例の花を届けに、ちょうど未咲が来ているのだ。

昼休みだから大目に見て、社長室にふたりきりにしてやったのだが、杉原が調達してやった仕出し弁当をつつきあっているのか食欲以外の欲求を満たしているのかは、さだかではない。

「タイムリミットは、私がランチをとって戻ってくるまで、だな」

それまでの間は、緊急用件を除いて、昼休み時間であることを理由に社長への取り次ぎは断っていいと言い置いて、杉原は腰を上げる。

「いってらっしゃいませ」

「ごゆっくりどうぞ」

ふたりにあとを任せてオフィスを出る。ひとりになった途端、肩にズンッと重力を感じた気がして、杉原は凝った肩をまわした。

だが、昼休憩から戻った杉原を待ち受けていたのは、頬を上気させた未咲の愛らしい顔でも弟の拗《す》ねた顔でも秘書室の面々の茶目っ気たっぷりの顔でもなく、少々厄介な相手からの、いささか面倒なクレームだった。

――部下に心配されるわけだ。

内心ひとりごちて、ため息をつく。原因は自分。ミスをした張本人は、誰でもない杉原自身だった。

終業後、今日は帰りが遅くなると、自分のぶんの夕飯も用意して待っているだろう犬飼に連絡を入れたあと杉原が向かったのは、高級住宅地に建つ、豪邸が建ち並ぶなかでもとりわけ目立つ、大きな屋敷だった。

杉原を呼び出したのは……いや、出向かざるを得ない状況をつくりだしたのは、業界団体の長の肩書きを持つ重鎮。上手く取り入っておいて損はない相手だ。

会社宛にクレームを寄越した本人ではない。この男の元にとりなしを求めに来なければならない状況を、第三者を使ってつくりだされたのだ。

たしかに、自分がもう少し注意していれば回避できたことではあったが、その場合はまた別の手段で同じような状況をつくりだされたに違いない。

「ずいぶん遠まわしなお呼び出しじゃありませんか？」

この屋敷の主の部屋に通されるやいなや、杉原は正面に座る人物に文句を垂れる。すると、手酌で酒を楽しんでいた、老人というには肌艶のいい男は、ニヤリと片眉を上げた。

「そう言うな、寂しい老人の茶目っ気ではないか」

　言いながら、こちらへこいと手招きする。しかたなく傍らに膝をついた杉原は、膳《ぜん》の上から徳利《とっくり》を取り上げ酌をした。

「その悪戯《いたずら》心のおかげで、我が社がこうむる損害がどれほどになると？」

「プラマイゼロになるようにしてやる。――しかし、怒った顔もいいものだな」

「悪趣味ですね」

　皺枯れた手で杉原の手を握り、その肌の滑らかさをたしかめるように擦る。視線を逸らしたままでいると、やれやれと苦笑された。

「最近つれないではないか」

　本命の相手でもできたのかと問われて、「まさか」と返す。

「本命ができたら紹介しなさい」「悪いようにはしない」と、以前から言われているのだ。悪いようには…の件《くだり》が何を意味するのかまでは、考えないことにしている。

「恋愛なんて面倒なものに、時間を割いていられるほど暇じゃないんです」

　どういうわけか、ドキリと心臓が跳ねたが、表面上なかったことにして常と変わらぬ答えを返した。

「相変わらずの情緒のなさだな。本当につれないことだ」

　嘆きながらも、老人の声はどこか愉快そうだ。杉原とのこうしたやりとりを楽しんでいることがうかがえる。

「だが、いけずなところも、また一興」

ご機嫌な笑い声を上げて、老人は杉原に猪口《ちょこ》を差し出してきた。それに手ずから酒を注《つ》いで、呑むように促してくる。

「まさかそのためだけに、わざわざクレームをつけたなんて、おっしゃらないでしょうね？」

「さて、なんの話かな」

わかりやすくとぼけてみせる相手をひと睨みして、杉原は出された酒に口をつけた。さすがに一級品、口あたりがなめらかだ。

「困った方ですね。私ごときにそんなことをなさらなくても、もっと若い愛人が何人もいらっしゃるではありませんか」

「若ければいいというものではない。おまえの色気に敵《かな》う存在は、そうおらん」

「褒め言葉として承ります。――で？」

太腿に伸びてきた手をやんわりと払って、先に言葉を求める。

「もちろん、これまで通り進めていただけるのでしょうね？」

取り引き条件は事前に明確に。でなければ、これ以上の行為は許せない。

杉原の淡白すぎる態度に肩を落としたものの、皺の刻まれた手にスルリと指を絡ませてやると、すぐに口許を緩めてみせる。

「ああ、そういえば、前からお願いしたいことがあったんです。ついでなので、それも聞いていただけます？」

現状維持のみならず、それ以上の見返りを要求する。ニッコリと、さも当然とばかりに。

あくまでも自分のスタイルを貫く杉原に、老人はやれやれと肩を竦めつつも、実に愉快だと笑って、前以上の好条件を提示してくれた。

結局杉原が自宅に帰りついたのは、とうのむかしに日付が変わった深夜のことだった。

犬飼は、リビングでテレビを見ていた。画面に映るのは、映画専門チャンネルで放送されていると思しき、古い映画。

「起きてたのか」

先に休んでいるとばかり思っていた杉原は、いつもと変わらぬ調子で男に声をかけた。それからリッキーのケージに寄って、焦げ茶の頭を撫でる。

「ただいま、リッキー」

宿主の帰宅に、賢い犬は伏せていた顔を上げた。そして、小さく鼻を鳴らす。

光沢のある毛皮の手触りを楽しんでいたら、後ろから二の腕を摑まれて、杉原は怪訝な眼差しを背後に投げた。

「犬飼？」

ぐいっと引き上げられて、男の腕に囲われる。いつものスキンシップだと理解した杉原は、黙って瞼を落とした。

が、いつまで待っても熱は訪れない。訝りつつ視線を上げると、じっと見下ろす黒い眼差しとぶつかった。

「何……」

どうしたのかと問う言葉は、落とされた呟きに消される。

「くさいな」

「……え？」

杉原の髪に鼻先を埋めて、自分以外の牡の痕跡《こんせき》を嗅ぎ取る仕種は、まるで縄張りを主張する獣のようだ。

そんなことかと興味を削《そ》がれた杉原は、「シャワーを浴びてくる」と、男の腕を抜け出そうとした。湯を使ってきたが、シャンプーやボディソープが合わないから洗い直したいのだ。

その身体を引き止めて、犬飼は杉原の襟元を乱しはじめる。取り立てて抗わず、男の好きにさせながらも、杉原は疲れた声で返した。

「今日はもう休みたいんだ」

好事家の老人に執拗にされて、すでにくたくただ。収穫は大きかったが、とにかく今は身体を休めたい。

「犬飼」

手をとめない男を、少し強い口調で制す。すると犬飼は、深いため息をひとつついて、それから静かな声で杉原を諫めてきた。

「いいかげんにやめたらどうだ」

「……え？」

乱された襟元に、指が滑らされる。そこに目立った痕《あと》がないのを訝っているのか、犬飼は眉間に皺を寄せた。杉原はたしかに情事の名残をまとっている。けれど肌にはその痕跡がない。

理由は簡単だ。犬飼のように精力を充実させた男の抱き方と老人の愉しみ方は、全然別ものだからだ。

「こんなやり方で仕事をとっていても、いずれはつづかなくなるぞ」

「それは、そのうち俺が飽きられるって意味か？」

すでに充分薹《とう》の立った年齢であることくらい、杉原だって自覚している。だが、他人《ひと》に指摘されたいことでもない。

「そうじゃない」

少し疲れた声で、犬飼は首を横に振る。

「自分を安売りするなとか、聞き飽きた説教なら御免だぞ。子どもじゃないんだし」

犬飼がそんなことを言うタイプだと思っていなかった杉原は、途端警戒心いっぱいに男を睨み上げた。お綺麗な倫理観ほど、杉原の嫌いなものはないのだ。

「仕事のやり方としてどうなのか、と言ってるんだ」

何が悪いのかと平然としている、その態度にこそ問題があるのだと言われて、杉原は秀眉《しゅうび》を顰める。

「おまえの弟、その程度の器じゃないんだろう？　普通に――」

「おまえには関係ない」

やんわりと窘めようとする犬飼に対して、杉原は強すぎるともいえる口調でその言葉の先を制した。

「それに、一獅は知らないことだ。俺が勝手にやってるんだから」

潔癖なきらいのある弟には、知らせる気も悟らせるつもりもない。そもそも、父から事業を引き継ぐ以前、学生のころから、杉原はこんな手段で人脈を繋いできた。その繋がりは、もはや簡単に崩せるものではない。ほかのやり方にスライドもできない。

若いころは、身体の欲求を満たすことができる上に美味しい思いもできて、一石二鳥だと軽く考えていた。でも今は、それなりの覚悟があってしていることだ。

「本命の相手ができたとき、どうするつもりだ？」

かけられたのは、聞かなくなって久しい問いかけ。今さら杉原にそんなことを問う人間は、周囲に存在しない。

「……おまえはもっと、スマートなタイプだと思ってたよ」

買いかぶりすぎてたな、と吐き捨てる。

だが、言ってしまったあとで、そもそも逃亡者相手に自分は何を言っているのかとバカバカしくなった。

「今日はひとりで寝る。ベッドはおまえが使えばいい」

これ以上この問答をつづける気はないと、男の腕を抜け出し、すでに乱された襟元を自身の手ではだけていく。そのままバスルームへ向かおうとしたら、ふいに身体が宙に浮いた。

「うわ……っ」

犬飼の腕に抱き上げられたのだとすぐに気づいたものの、床に落とされてもかなわないから暴れることもできない。

「おいっ、俺は女じゃないっ、下ろせっ」

黒髪を引っ張って抗議すると、男が顔を顰《しか》める。だが、直後にベッドに放り投げられ、上から押さえ込まれて、反射的に上がった悲鳴を口づけに封じられた。

「……！　……んんっ」

すでに馴染《なじ》んでしまった口づけに、これまでにない荒々しさが混じる。この行為を咎める以上に、それを新鮮だと感じる自分がいて、杉原は胸中でひっそりと毒づいた。

数時間前に、スキモノな老人に散々嬲《なぶ》られて肉欲は充分に満足しているはずなのに、再び身体が昂《たかぶ》りはじめる。

と同時に、老人に嬲られながらも、別の男のことを考えていたそのときの自分の思考までも思い出してしまって、奇妙な悔しさに駆られた。

気持ちよくなかったのだ。

すでに牡としての機能を失った肉体しか持たない老人は、かわりに指や玩具で杉原を嬲って遊ぶ。皺組んだ老人の手ではあっても、熟練した技は猛々しい欲望に貫かれる以上の快楽を与えてくれる。

だが今日は、なかなか昂らない身体を持て余して、杉原は困惑していた。

老人の不興を買うわけにはいかない。何より、快楽も得られないのに、こんなことをしていても意味がない。いつもなら簡単に溺れてしまえるはずなのに、いったいどうしたことだろうと、つくった痴態の下で焦りすら感じていた。

自分の反応に首を傾げ、さてどうしたものかと考えていたとき、ふと思考を過ったのだ。この指が犬飼のものなら、敏感な場所を嬲るのが力強い牡の象徴であったなら…と。

途端、肉体は顕著な反応を示した。ほかの誰でもない杉原自身が驚くほどに。

勘違いした老人は悦《よろこ》んだが、杉原を襲う困惑は深まった。だが、一度燃え上がった欲望はおさまらず、老人から与えられる刺激を脳内で別の男のものに変換することで、たまらない快楽を得た。結果、常以上の疲労が杉原を襲ったのだ。

ただでさえ、部下に「顔色が悪い」と言われてしまうような体調だったというのに。それだってそもそもは、ひとりと一匹の素性について考え込んでいたからそうなったのであって、そこからもたらされた状況を、とうの犬飼本人に諫められるのはどうにも納得がいかない。

以前は、誰に抱かれても一緒だったのに。

――くそ……っ。

身体をまさぐる大きくて力強い掌《てのひら》の感触が、気持ちよくて困る。余計に悔しさが煽られて、杉原は語気を強めた。

「いやだと言ってるっ」

「身体は、そうは言ってないぜ」

「ただの生理現象だ！」

男の肩を押し返そうとしても、腕は重く力が入らない。言葉で抗えば、悪びれない声で図々しいセリフを返されて、ただでさえイラッときていた杉原は声を荒らげた。

だが、慣れた手つきで身体を弄られ、口づけを深められてしまえば、一度快感を追いはじめた肉体は力を失くしていく。見る間に着衣が乱されていくのを止めることもできず、胸元を這う黒髪を乱暴に摑むくらいしか仕返しのしようもない。

「ん…っ、も…何も、出な……」

首筋を這う舌の感触に背が震えて、杉原はしなやかな背を撓らせ、白い喉を仰け反らせた。身体をくねらせるたびに、シーツが卑猥な衣擦れの音を立てる。

「ずいぶん可愛がられたんだな。ココが口を開けたままだ」

太腿を割られ、無遠慮に忍び込んできた手で狭間を暴かれて、杉原はヒクリと喉を喘がせた。

「……っ、なか……擦る、な……っ」

執拗に嬲られた内壁は爛れて、熱を持っている。その状態の内部を弄られたら、刺激が強すぎて、快感も苦痛にしかならない。

「心配するな。イイコトだけしてやる」

自身も着ていたものを脱ぎ捨てて、犬飼は身体をずらした。太腿を開かれ、その狭間に顔を伏せられる。

「は…ぁっ、あぁ……！」

何も出ないと言いながらも緩く勃ち上がっていた欲望を熱い口腔に含まれて、杉原は艶めいた声を上げた。

快感に震えるそこは、すでに何度も吐き出したあとだけに、燻るような熱を溜めるばかりで、簡単に頂を見ることができない。なのに先端は淫らに開いて蜜を滴らせ、絡みつく熱い舌のやわらかさに歓喜している。

「んん…っ、あ…ん、ふ……っ」

内腿が痙攣《けいれん》する。狭間で蠢く黒髪を掴んで、もっと深くとねだるようにその場所に押しつけてしまう。

先ほど、状態を確認するために軽く触れられただけの内壁が戦慄いて、寂しさを訴えはじめた。

この状態で犬飼の猛々しい欲望に擦られたりしたらどんな状態に陥るかわからないというのに、肉体はその未知なる刺激を欲して際限なく昂っていく。

淫猥な水音が、鼓膜からも情欲を煽る。ときおり戯れのように胸の飾りを弄られ、内腿の薄い皮膚を撫でられて、もはや何も出ないと思われた欲望が、男の口中でグンッと膨れた。

過敏すぎる先端に舌が絡む。容赦なく吸い上げられて、杉原は声にならない悲鳴を上げた。瞼の裏に星が散るような快感。

「――……っ！」

数度の痙攣ののち、細い身体がシーツに沈み込む。汗の浮いた肌を宥《なだ》めるように、また煽るように、大きな手がやさしく這った。

ぎゅっと瞑《つむ》っていた目を開けると、してやったりとほくそ笑む忌々しい相貌。

見下ろす瞳のなかに獣を見とって、ゾクリと背が震える。潤んだ内壁がヒクリと疼いて、無意識にも腰を揺らした。

「ジジイどもが手放したがらないのもわかるな」

その痴態を揶揄されて、情欲に潤んだ瞳を眇める。その表情がより牡の歓喜を誘って、犬飼の瞳に宿る焔を焚きつけた。

足の付け根を嬲られ、太腿を開かれて、ドロドロになったその場所をねっとりと観察される。含まされた指をうねるように締めつけてしまい、言葉とはうらはらのその反応に臍《ほぞ》を噛む。

「ん…ぁっ」

濡れた音を立てて指が引き抜かれ、腰が浮くほどに脚を開かれて、その狭間に硬いものが押し当てられた。

熱の到来を予期して奥が疼き、自然と腰が揺れる。

くぷっと先端が襞に埋め込まれて、そのまま小刻みに揺すられた。濡れきった声が満足げなため息とともに押し出される。

「やっぱり、こうされたかったんだろうが」

爛れた器官が被虐を待っていたのだろうと言われて、肉欲に支配された思考下にも杉原のプライドが頭を擡《もた》げ、ささやかな仕返しとばかり、自分を押さえ込む腕に爪を立てる。

その反応を、可愛いものだと喉の奥で笑って、犬飼は杉原の肉体が己を呑み込んでいくさまをじっくりと観察しようとでもいうのか、ジワジワとじれったいほどゆっくりと身体を押し進めてきた。

ピッタリと埋め込まれた肉棒が、杉原の一等深い場所までを埋め尽くす。

「あ…ぁ、……ぅ、くっ」

内側からゾワリ…と湧き起こる疼きに、細い肢体がくねった。あえかなため息が零れて、何かに耐えるように、細い指がシーツを摑む。

「男なしじゃいられない身体だな」

自身を絞り上げる杉原の内壁の締めつけの強さに、眉間に皺を刻みながらも、犬飼の舌は奇妙なまでに滑らかだった。

――こ…の……っ。

反骨心が頭を擡げても、たちまち肉欲に絡め取られてしまう。ことさらゆっくりと抜き挿《さ》しを繰り返されて、そこから生まれる危ういほどの快感が、思考を停滞させていた。

杉原がどんな価値観の持ち主か、わかっていて先に誘いをかけてきたのは犬飼のほうだ。それを棚に上げて、今さら何を言うのか。この身体に欲情している男に、自分に何かを言う資格などありはしない。

「枯れたジジイどもの手じゃ満足できていなかったんだろう？　俺はていのいいバイブがわりか？」

――……っ！

反発を感じながらも、それでも蕩けていた思考が、一瞬クリアになった。

それまでに投げられたどんな揶揄とも比較にならないほど、その言葉はどういうわけか耳に引っかかって、杉原はカッと目を見開いた。

「お…まえ、なん…か……っ」

ただの囲い者のくせに……！

自分が助けなければ、今ごろどうなっていたか知れないくせに！

その恩も忘れて宿主を詰るなんて、言語道断だ！

バイブ扱いかって？　そんなことひと言でもこちらが言ったか!?

「出て…け……」

穿《うが》たれる動きに息を乱しながら、声を絞り出す。

大人の駆け引きだったはずだ。

互いに、欲望に溺れるいつもと違う自分を楽しんでいたはずだ。

どんな価値観を持って生きていても、何者であっても、この先の道が交差していようが別れていようが、関係なく、今、目の前にある熱を貪ることに満足を覚えていたはず。

ただそれだけの関係だったはずだ。

「く……そ……っ」

自分にはひとりと一匹を匿ったつもりはあっても、都合のいい存在として買った覚えはない。男の言葉は、出会って以降の杉原の言動を貶《おとし》めるものでしかない。

さばけた情交であっても、肌を許すからには相手に対してそれなりに情がある。ただそれが、恋愛という意味での愛情に限定されていないだけのこと。たとえ取り引きであっても、そうする価値があると認めた相手だから許すのだ。どんな相手にも同じ手段をとっているわけではない。こちらにだって選ぶ権利はある。

相手を見下すつもりはないし、軽んじられるいわれもない。駆け引きを楽しんでいる。それだけのことだ。

そう割り切れない相手など、こちらから願い下げだ。

身体だけが目当てだなんて態度を、とった覚えはない。勝手に卑屈になっていればいい。

「出て……いけ……っ」

押し返す肩に、ガリッと爪を立てる。力の抜けた腕で、でも精一杯の抗議を込めたそれは、筋肉の隆起の上に血色の傷を刻んだ。

だが犬飼は、わずかに眉間の皺を深めただけで、穿つ動きは緩まない。

「——……っ‼」

ズンッと深く突き込まれて、反射的に広い背に縋った。そこにも爪痕を刻みながら、激しい揺さぶり耐え、快感の先の苦痛と、そのさらに奥から生まれる壮絶な情欲とに翻弄される。

「主視《かずみ》……っ」

息を荒らげた男の切羽詰まった声が、喉のふくらみに直接触れる。その低い声に後押しされるように、杉原は高みへと駆け上った。

「あ…ぁ、や…ぁ、あ――……っ」

最奥で熱い情欲が弾ける。身体の上で逞しい筋肉が放埓《ほうらつ》の余韻に震えるのを感じて、情欲を受け止めた肉体が再び熱を溜めはじめる。己の痕跡を塗り込めるように腰を揺すられて、杉原は掠れた声を上げた。

「う…んんっ、あ……」

荒い呼吸に胸を喘がせながら、半ば気を飛ばした状態で男を見上げていたら、乱暴に身体を裏返され、今度は後背位で貫かれる。

「――……っ！」

腰を摑む手を払っても、力任せに引っ掻いても、気にもとめない様子で、このころにはもう交わす言葉もなく、男は杉原の肉体を貪りつづけた。

ギリギリまで昂らせて、甘苦しさにのたうち回るほどに追いつめて、しまいにはシーツの上に四肢を投げ出しているしかできなくなっても、犬飼は杉原の細い身体を放さなかった。

情交で意識を飛ばしたのは、本当に久方ぶりのことだった。

そのまま朝まで目覚めなかったことなど、はじめての経験だったかもしれない。大抵は一時的なもので、すぐに意識を取り戻すから。

それほどまでに深く、乱暴に、そして濃厚に、貪られた。

途中からは意識が朦朧《もうろう》として、拒絶の言葉を紡ぐどころではなくなっていた。悲鳴のような啜り啼《な》きすら、途中で掠れたほどだ。

「言われなくても、そろそろ時間切れのようだ」

カーテンの隙間から差し込みはじめた朝陽に目を細めた男がそんな呟きを落としたとき、杉原は完全に意識を混濁させていた。


「クゥン」

忠犬は、主の気配を察して、さっと躯を起こした。姿勢よくお座りをして、コマンドを待つ。

その黒い目を見つめて、男は命じた。

「いい子だな、リッキー。俺の言うことがわかるな?」

「ワフッ」

「何があっても主視を護れ。おまえにならできる」

いや、おまえにしかできないと言いきって、焦げ茶の頭を撫で、ケージの扉はそのままに、男は腰を上げる。そして足音を殺して玄関に向かった。

静かにドアが閉まる。

賢い獣は、自分を残して行こうとする主を追って、吠えたりはしなかった。

6

目覚めたら、ベッドの半分に男の姿はなかった。

ベッドの上だけではない。杉原《すぎはら》の寝室から、男の気配が消えていた。

滅茶苦茶な抱かれ方をして意識を飛ばし、そのまま眠りについたはずなのに、シーツはサラリとしていて不快さはなく、パジャマこそ着ていないものの、上掛けは肩までかけられていた。

部屋の空気も淀《よど》んでいなかった。

内部に吐き出されたものはそのままだったが、身体は清められていて、汗でベタついてもいなかった。

ここまでされても起きないほど深い眠りに落ちていたくらいなのだから、当然のことながら身体は悲鳴を上げていた。

節々の痛みに、全身のいたるところがピキピキと鳴るようなひどい筋肉痛。喉は嗄《か》れきって、最中に無意識に嚙み締めたのか、唇も切れていた。

やっとの思いでベッドに身体を起こし、呆然とすることしばし。

ふっと視線を落としたら、先端に赤黒いものの付着した自分の指が目に入って、指先を目に近づけてはじめて、それが血液の固まったものであることに気づいた。乱暴な交わりに抗議しようと、男の背中や肩や手の甲を引っ掻いた痕跡だ。

相当な傷になっているだろうなと溜飲《りゅういん》を下げたところではじめて、こんな状態の自分をベッドに放っておくだなんてけしからんと眉根を寄せた。

嗄れた声で隣のリビングに呼びかけても、聞こえるはずがない。

ムッとして枕をドアに投げつけたら、その拍子に腕の筋肉が悲鳴を上げた。騒音に気づくかと思ったのに、待っても待っても、いっこうにドアは開かない。

痺れをきらし、這うようにベッドを下りて、リビングにつづくドアを開けてはじめて、室内に人の気配がないことに気づいた。

「……犬飼《いぬがい》?」

リビングのカーテンは開け放たれていて、すでに高く昇った陽が燦々《さんさん》と降り注いでいる。

だがそこには、一切の生活音がない。

コーヒーメーカーの立てる音も、食器類の触れ合う音も、新聞をめくる音もない。もちろん、いつもなら鼻腔を擽る朝食のいい匂いもしない。

静かだった。

「……」

ガウンを肩にひっかけていた杉原は、奇妙な肌寒さを感じて袖を通し、腰紐を結んだ。

バスルームから、物音はしない。

洗濯機のまわる音もしていない。

ベランダに通じるガラス窓は鍵がかかっているし、広いベランダの隅につくられた東屋《あずまや》にも人影はない。

眩しい太陽光に目を細めて、そして昨夜のやりとりを思い出した。

——『出ていけ！』

男に嬲られながら、悔し紛れに叫んだ自分。

長い睫を瞬いて、広い室内に今一度視線を巡らせる。いつもなら男の背中が見えるアイランドキッチンには、綺麗に整理整頓《せいとん》されたキッチンアイテムしか見当たらない。あまりちゃんと記憶していないが、昨夜のまま、グラスひとつ動かされてはいないように見えた。

——出ていった…のか？

まさか。

本当に？

あんな、ベッドのなかでのやりとりを真に受けて？

たしかにカッとして、ついきつい言い方をした。けれど、自分の口が悪いのも言葉がきついのもいつものことで……。

ジワジワと胸に広がる疼《いた》みを伴った不快感は……ドクドクと己の心臓が脈打つ音がやけに大きく聞こえるのは……これは、動揺だろうか。

これが、動揺というものなのだろうか。

「……」

瞼をゆっくりと瞬かせる。長い睫が頰に触れるほど、ゆっくりと、大きな動作で。

けれど、網膜に映る光景は変わらない。

無意識に、踵が下がった。

グラリと身体が傾いで、その拍子に体内で何かが動く。

「……んっ」

男の痕跡が流れ出してきて、杉原はソファの背に手をついた。昨夜、溢れるほどに注がれた情欲の名残だ。

それが自分の内腿を伝い落ち、膝から脹脛《ふくらはぎ》にまで至るのを、じっと見つめてしまう。

そのとき、煩く脈打つ己の鼓動しか捉えていなかった杉原の鼓膜が、物音を拾った。

「……っ!」

振り向いた先にあったのは、大きなケージ。そのなかで、しゃんと背筋を伸ばしてお座りをする、大きくて黒い獣。

「……リッキー……」

情事の名残が溢れてくるのもかまわず、ゆっくりとケージに歩み寄った。

ペタリと床に座り込んで、ケージの戸を開ける。すると、コマンドも与えていないのに、リッキーは外に出てきて、杉原の傍らに寄り添った。

尻尾を振るわけでも愛想を振り撒《ま》くわけでもない。ただ、体温を感じる至近距離に座っているだけ。

「一緒に、出ていかなかったのか？」

「クゥン」

ほぼ同じ目線にある黒い瞳は、じっと杉原を捉え、逸らされる気配もない。

ケージ内を見れば、新たな餌と水を与えた痕跡。ペットシーツも新しいものに取り替えられている。

「……置いていかれたのか？」

今度は、返事がなかった。

焦げ茶の頭に手を伸ばし、わしわしと撫でる。その、犬飼のもの以上に抱え甲斐のある太い首に腕をまわして、ぎゅむっと抱き締めてみた。

「おまえも捨てられたのか？　それとも——」

戻ってくるからと、言い置いていったのだろうか。

リッキーは何も答えない。けれど、傍にいる。腕のなかに体温がある。

「……シャワーを浴びてくるよ。それからブランチ、だな」

身体に残る男の痕跡を、早く洗い流したくて、でも惜しいと感じる自分もいて、ままならない感情に自嘲を零す。

「来るべき日が来た。そういうことだよな?」

リッキーから応えが返されるわけがないとわかっていて、でもついつい人間にするのと同じように言葉をかけてしまう。

はじめからわかっていたことだ。男が、いつか出ていくことは。

以前と同じ、日常が戻ってきただけのこと。

だが、男が残した痕跡は濃く、シャワーを浴びてキッチンに立った杉原は、いきなり壁にぶち当たってしまった。

目覚めのコーヒー一杯、ろくに淹《い》れられないなんて。

「勝手に置き場所変えたな、あいつ。コーヒー豆、どこにあるんだ」

一気にやる気を失くして、冷蔵庫から取り出したビールを手に、ソファに身体を投げ出す。

その杉原の足元に、リッキーは身体を伏せ、さりげなく寄り添う。

手持ち無沙汰《ぶさた》にその頭を撫でながら、空けたビールの缶をローテーブルに並べていく。それが十本を超える前に、杉原は差し込む太陽光のなか、深い眠りに落ちていた。決して安らかな眠りではない。身体的疲労がもたらした、生理的欲求としての眠りだった。

一日が過ぎ、二日が過ぎ、三日目あたりまでは、ひょっこりと戻ってくるかもしれないなんて薄い希望を、密《ひそ》かに捨てきれないでいた杉原だったが、一週間が過ぎ翌週末を迎えたころには、胸の深いところではどうあれ、とりあえずは気持ちを切り替えることに成功していた。

弟に心配そうな視線を向けられるようでは、敏腕秘書の名が泣く。

素直なだけで決して鈍いわけではないから、弟が兄の変調に気づかないはずもないのだが、それでも体面を保ちたいと考えるのが、杉原の杉原たるところだった。花を届けに来た弟の恋人――未咲《みさき》にまで、顔色がすぐれないと気遣われてしまってはなおのこと。

ポーカーフェイスはお手のもののはずなのに。

自分ともあろうものが…と、プライドをいたく傷つけられれば、その原因など意識的に思考から消し去ってくれる、という気にもなる。

そんな状態でウイークデーをすごし、やっと迎えた週末。

つまり、犬飼が消えてから二週間め。

苛《さいな》まれた身体の痛みは週半ばには消え、ひとりでリッキーの世話をするのにも少しずつ慣れてきて、いつもは深夜にする散歩を、今日は青空の下でしようと思い立った。

「えーっと、たしか左につけるんだったな」

リッキーの首輪に繋いだリードを手に、犬の躾け方ハウツー本の「散歩」のページに書かれていた内容を思い出しつつ、リッキーの右側に立つ。

もともとしっかりと躾けられているリッキーは、慣れない杉原の散歩でも、ちゃんと傍らに寄り添って、歩調を合わせて歩いてくれる。

ジャーマン・シェパード・ドッグはそもそも大型犬だが、やはり固体差があって、リッキーはかなり大きいほうらしい。帰宅後に散歩をさせるようになって、同犬種を散歩させている人を見かけたが、リッキーよりひとまわりほど小さかったし、犬飼い歴も長いらしいその飼い主に、「大きな子ですねぇ」と言われた。

男とはいえ特別力自慢でもない杉原が、大型犬のなかでもさらに体格のいい、力のあるリッキーに引き摺られることもなく散歩できているのは、ひとえにリッキーが賢いからだ。

ひとりで世話をするようになって、もともとその気はあったものの、すっかり飼い主バカ状態に陥った杉原は、きっと愛犬を散歩させている人も多いだろう人目の多い昼間に、散歩がしたくてたまらなかったのだ。

それがやっとかなった週末。

杉原は、以前に犬飼と足を向けた公園にいた。

公園までの道程、同じく愛犬を散歩させている人に声をかけられたり、子どもに囲まれたりしながら、あの夜、じゃれ合うひとりと一匹を見守っていたベンチに辿り着いて、腰を落とした。

　広い芝生で、ほかの犬たちに交じって遊ばせようとしたのだが、リッキーが興味を示さなかったため、日向《ひなた》ぼっこをすることにしたのだ。

「あいつは、おまえにどんなことをさせてたっけ」

　足元に座るリッキーの首から背を撫でながら、どうしたらほかの犬たちのように遊んでくれるのだろうかと首を捻る。

「おまえは、本当の意味で俺に心を開いてるわけじゃないんだな」

　置いていかれても、主は犬飼ひとりだということなのだろう。杉原の言うことを聞くのは、杉原が主の敵ではないと理解しているからかもしれない。

「ま、気長にいくさ」

　犬飼が消えても、リッキーを手放そうという気にはならなかった。だから、リッキーとともに暮らすための労力は惜しめない。

「待て《wait》」とか「伏せ《down》」とか、その程度のことなら、コマンドを与えれば、リッキーは聞き入れるようになった。犬飼の言うことしか聞かなかった当初を思えば、これは大きな進歩だ。

「夕飯どうするかな。冷蔵庫のなかの食材も、腐らせるわけにいかないし……」

　リッキーが聞いていると思うから、つい声に出して言ってしまう。傍《はた》から見れば思いっきり独り言なのだろうが、杉原にはリッキーに意見を求めているつもりしかなかった。

「帰りは違う経路で、スーパーに寄って帰ろうか」

レタスをちぎってサラダくらいなら自分にもつくれるだろうが、それ以上は無理だとわかっているから、惣菜《そうざい》を買って帰ることにする。デリカの品揃えのいい高級スーパーが、公園を挟んで自宅とは反対側にあるのだ。

太陽が傾きはじめたのを見て、リードを引き、腰を上げた。

夜なら少し寂しい細道を抜けるのは、男の杉原でも躊躇《ためら》いがあるが、今は明るい昼間だし、何よりリッキーがいる。静かな散歩道だと思えば、遠回りもまた楽し、だ。

休日でも、住宅街の小路《こみち》というのは、それほど人と出くわさないものだ。閑静な住宅地を抜けて、一本向こうの通りに出ようと歩みを進めていたときだった。

杉原の鼓膜が拾ったのは、長閑な休日に不似合いな悲鳴。ごく小さなものだったが、周囲が静かなだけに、それは確実に少し距離のある場所まで届いた。

つづいて「ひったくり！」と叫ぶ声。

——……え？

目の前で事件が起きたとしても、まともな反応などできないのが一般人というものだ。杉原も例外ではなく、リッキーのリードを持ったまま、足を止め、佇むよりない。

近づいてくるのが原付バイクのエンジン音であることに気づいて、これがひったくり犯なのかと思考を過る疑問。

そのときだった。

腕に、引っ張られる強い力。

聞き慣れない獣の咆哮《ほうこう》。

「え？」と思ったときには、リッキーのリードは杉原の手を離れ、引っ張られ投げ出された杉原は路上に膝をつく。

「リッキー!?」

大きな吠え声を上げながら、リッキーが疾走する。

このあたりの地理に詳しいのか、あえて住宅街を逃げようと角を曲がってきた原付バイク。フルフェイスのヘルメットをかぶった若い男と思われる運転手の手には、女性もののバッグが見て取れた。

そのバイクに、リッキーが飛びかかる。

「うわ…ぁ！　な、なんだ！　この犬……！」

男が投げ出され、耳障りな騒音を立てて路上を滑ったバイクが、電信柱にぶつかって止まった。辺りに地響《じひび》きのような衝撃音が轟く。

「ガウッ！　ガウッ！」

威嚇の咆哮と、低い唸り声。

住宅の壁と電信柱の隅とにひったくり犯を追いつめたリッキーは、吠えるのをやめようとしない。隙を見て逃亡を図ろうとした男は、背中から飛びかかられて、悲鳴を上げた。

すべては一瞬の出来事だった。

まるで、野生の獣の狩りの光景を見ているようだった。

そこへバタバタと足音がして、バッグをひったくられたらしい中年の女性と、近所の交番勤務らしい警察官ふたりが駆けてくる。

「あ！　私のバッグ！」

路上に投げ出されていたバッグを拾い上げて、女性はヘナヘナと地面に腰をついた。

リッキーに押さえ込まれている犯人のもとに警察官が駆け寄ってきて、肩につけられた無線で応援を要求する。

警察官の姿を見た途端、リッキーは唸るのをやめ、つい今まで牙《きば》を剥き出しにしていたとは思えないおとなしさでその場にお座りをした。

そして、背後で呆然とことのなりゆきを見ているしかなかった杉原を振り向き、「クゥン」とひと鳴き。

「……リッキー……」

ノロノロと歩み寄って、投げ出されていたリードを取る。

あっさりと忠犬の顔に戻ったリッキーは、杉原の傍らに戻ってきて寄り添い、いつも通りちょこんとお座りをした。そして、黒々としたつぶらな目を杉原に向ける。

その間に、駆けつけた応援の警察官数人によって、ひったくり犯は連行され、バッグを奪われた女性は、こちらにペコリと頭を下げて、やはり警察官に連れ添われて去っていった。

どうしたものかと佇んでいたら、ひとりの警察官が駆けてくる。そして、怪我はないかと杉原を気遣ってきた。

「いえ、私は……」

騒ぎには巻き込まれたくないし、かといって日本《にほん》国民としての義務も放棄できない。警察に協力すべきであるのはわかっているが、しかしどうにも腰が引ける。

何よりリッキーは、逃亡者である犬飼の飼い犬なのだ。リッキーから足がつかないとも言いきれない。

「ひったくり犯逮捕にご協力いただき、ありがとうございます！」

「……え？　あ、はい……」

キリリと敬礼されて、さらに困惑が増した。思わず足元のリッキーに恨めしい目を向けてしまう。

「お手数ではあるのですが、ご同行いただけますか？　お話をおうかがいしたいので」

「いや……その……」

犬が勝手にやったことであって自分がコマンドを出したわけではないからと、なんとか辞退を申し出る。しかし、被害者の女性もちゃんとお礼をしたいとおっしゃっていますし、もしかしたら表彰されるかもしれませんよ、などと普通なら飼い主心を擽るものだろう言葉を朗々とかけられて、困ったことになったと眉尻を下げた。

そんな杉原の様子を、騒がれることに抵抗を持つ謙虚な一般市民の反応だとでも受け取ったのか、飼い主心を和ませようと、警察官はおとなしくお座りをして次の指示を待つリッキーに視線を向けた。

「こちらのワンちゃんは、あなたの飼い犬ですか？」

「……はぁ」

じゃなかったら、いったいなんに見えるというのか。まさかリッキーの顔写真が出回っているのかと内心ヒヤリとさせられる。

万が一、リッキーの素性に気づいた警察官が言葉巧みに何かを聞き出そうとしているのだとしたらまずいという思考が過って、曖昧《あいまい》に言葉を濁していると、リッキーの傍らに膝をついた警察官は、ニコニコとその焦げ茶の頭を撫でた。

「いやぁ、よく訓練されてますなぁ。自分も犬好きでして、大型犬に憧《あこが》れてるんですよ。でもマンション住まいなんで小型犬しか飼えませんで……引退したら田舎に引っ込んで、大きいのを飼うのが夢なんです。カミさんは猫を十匹くらい飼いたいと言ってるんですがね。はは…夫婦で動物が大好きなんですよ」

ペラペラと喋《しゃべ》り出した警察官の笑顔に気圧されて、さらに引け腰になる。

だが、「そうですか…」と相槌《あいづち》を打つしかできないでいた杉原の耳が、陽気な警察官がつづいて口にした言葉のなかから、引っかかるものを聞き取った。

「いやぁ、いい子ですねぇ。おとなしいし無駄吠えもないし賢そうな顔してますし……あの動きの機敏さといい、もしかして退役犬《たいえきけん》を引き取られたんですか?」

「……え? 退役……?」

「ええ、災害救助犬とか警察……」

そこへ、警察官の声を遮る呼びかけ。大きくて鋭さのある声に、警察官はサッと腰を上げて、声のほうを振り向いた。

「どうした!?」

先ほど犯人が連行されていった方角から、スーツ姿の男性が駆けてくる。その顔を確認した警察官は、表情を厳しくしてサッと敬礼姿勢を取った。

「あ、これは警部補どの!」

なぜたかがひったくり犯ひとりごときに、この段階で刑事が出てくるのか。杉原にはわけがわからない。

とにかくもう、一秒でも早くこの場を去りたくてしかたない気持ちに駆られるものの、不審者と思われても困るから、善良な一般市民を装うしかない。

数々の疑問と疑念と焦りと不安を完璧なアルカイックスマイルに隠して、杉原は駆け寄ってきた刑事にニコリと微笑んだ。そして、リッキーのリードをぎゅっと握る。

「捜査のほうはよろしいので？」

「ああ、交代してきたところだ」

「お疲れさまです」

何か捜査でもしていたのだろうか。でも、刑事が交番勤務の警察官と一緒に？　この近所で何か事件があったのだろうか。

あれこれ思考を巡らせていると、刑事はリッキーに興味津々な様子の警察官に、穏やかな声で指示を出す。

「ここは私が引き受けよう。君は戻るといい」

「え？　ですが……」

ひったくり犯検挙ごときに、しかもほかの事件の捜査でたまたま居合わせただけの刑事が出張ってくることに違和感を覚えたのか、警察官は人のよさの滲む小さな目をパチクリさせた。

「こちらはあまり騒ぎになるのを好まれないご様子だ。私がうまく処理しておこう。君は君の仕事をしたまえ」

「はっ」

刑事と杉原に敬礼を向けて、警察官は仲間の待つほうへと駆けていった。その背中を見送って、刑事は杉原に向き直る。

「本庁の者です。たまたま近くにおりまして」

言いながら、胸ポケットから取り出した警察手帳——身分証を開いてみせる。後光を放つ旭日章の上にPOLICEの文字。その下には、たしかに警視庁と所属が刻まれている。階級は本人の言葉通り警部補、名前は松坂《まつざか》。

若いが二十代ではないから叩《たた》き上げだろうか。キャリアなら警察大学校を卒業した時点で警部補だ。ノンキャリアだとすると、この歳《とし》で警部補なら相当有能な人材だと言える。

——本庁？

なぜこんなところに本庁の刑事が？

本庁から捜査班が出張ってくるような大きな事件など、この界隈であっただろうか。

——まさか……。

犬飼が追われているのだろうか。どこかで誰かに目撃されたのだろうか。

身分証に所属が記載されていたところで、この刑事がなにを捜査しているのかなどわからない。内心警戒心いっぱいの杉原の前に、穏やかな空気をまとって立った彼は、身分証を胸ポケットにしまいながら、言葉を継いだ。

「犬がひったくり犯を捕まえたと聞きつけたものですから。——お名前だけ、よろしいでしょうか？」

警察であれこれ訊かれたり、拘束されて時間を食ったりするのが嫌な様子だから、せめて名前だけでも、と言われているのだと察する。

「……杉原と申します」

屈み込み、リッキーの背を撫でながら答える。散歩途中に巻き込まれただけのことであって、早く帰りたいのだと主張する意図を持って。

すると松坂と名乗った刑事は頷いて、リッキーの前に片膝をついた。

「やぁ、いい子だね。ご主人を護るだけでなく、犯罪者まで捕まえてしまうとは」

わしわしと頭を撫で、リッキーの顔を自分に向ける。

「だが、怪我をしては元も子もない。ご主人に尽くすのが君の使命だ。いいね」

凶器を持っている犯人もいますからね、ワンちゃんに怪我がなくてよかったと杉原に笑みを向け、これからも励めよと、リッキーをもうひと撫でして、そして腰を上げた。

そんな刑事に向かって、リッキーがまるで返事をするように軽くひと鳴きする。

「ワフ」

それを見た杉原は、驚いて目を見開いた。

「……リッキー？」

リッキーがこんなふうに、犬飼以外の人間に反応を見せるところなど、はじめて見たからだ。

「どうかなさいましたか？」

「い、いえ、なんでも」

せっかくやりすごせそうだったのに、無駄に興味を持たれては意味がない。そんな杉原の内心の焦りになど気づかぬ様子で、刑事はまるで女性をエスコートするように、サッと手を差し伸べてきた。

「車で来ておりますので、お送りしましょう」

また余計なことを言い出してくれた。

義務感なのか、それとも杉原が懸念するような、何か含むものがあるのか。

「すぐ近くですので、結構です」

リッキーのリードを引き、帰る体勢に入る。察しのいい刑事はすぐに引き下がって、差し出した手を引っ込めた。

「では、お気をつけて。犯罪検挙にご協力いただき、ありがとうございました」

腰を折る刑事に一礼を返し、背を向ける。背に注がれる刑事の視線が、なかなか外れない。気になったものの、あえて振り返らず、杉原は歩調を速めた。

すっかり気が削がれて、スーパーをまわるルートではなく、できるだけ近道をして自宅へ向かう。

帰りついたときには、奇妙なほどの疲れが全身をおおっていて、もはやソファに身体を投げ出すのが精一杯だった。

「リッキー」

「クゥン」

ソファ横に寄り添う獣に手を伸ばす。

おまえは……あいつは何者なのかと、口に出そうとして躊躇い、結局杉原は開きかけた口を閉じてしまった。


頬を撫でる感触に、意識が覚醒に向かう。

だが、夢なのか現《うつつ》なのかわからぬ闇のなか、感覚は定かではなく、己が目を開けているのか閉じているのかも判然としない。

『クゥン』

『いい子だ、リッキー。だが、少し無茶をしすぎたな』

『ワフ』

どこか嬉しそうに鼻を鳴らすリッキーと、それに返す聞き覚えのある低い声。

——な…んで……。

どこに行っていたのだと、どういうつもりなのだと、怒鳴ってやりたいのに声が出ない。

『主視《かずみ》……怪我をしたのか？』

膝のあたりを撫でられる。そういえば、リッキーに引っ張られたときに地面に投げ出されて、膝のあたりをすりむいていた。

『痛むか？』

別に。たいしたことはない。おまえが消えたことのほうがもっと……。

咄嗟に過った思考を、懸命に振り払う。上から抑えた笑みが落ちてきた。

『巻き込んですまない。だが……』

瞼に触れる、やわらかなもの。

なんだったろうか…と考えて、やさしいキスの感触だと気づく。

『もう少しだけ、リッキーを頼む』

言われなくても。もうリッキーはおまえに返さない。ここで自分と暮らすのだから。

拾ってやった恩も忘れて、ひと言もなく消えたやつなど知るものか。

『さっきと言ってることが違うぞ』

喉の奥で低く笑う声。それが妙に癇《かん》に障る。

うるさいうるさいうるさい……っ！

「おま…え、なん、か……」

絞り出した声を、塞いだものがあった。唇に触れる熱。あやすような口づけ。

肌を弄る大きな手が、弛緩《しかん》しきった身体を震わせる。

おおいかぶさる体温と重さが心地好くて、杉原は浮上しかけた意識が夢現の狭間に引き戻されるのに抗わず、安堵の息を漏らす。それすら惜しむように深く唇を合わされて、重い腕を上げた。

広くたしかなものに縋って、渦巻く熱の放散を望む。

抱いてほしい。もっときつく抱き締めてほしい。自分はもうきっと、この熱でなければ満足できないから。

『そのセリフを、素面《しらふ》で聞きたいものだ』

苦笑と、今一度落とされる羽根のようなキス。

そして急速に離れていく体温。

ゾクリと背が震えて、喉から叫びが絞り出される。

「――……‼」

ハッと目を開けると、そこは暗闇だった。

差し込む月明かりで、自分がたしかに目を開けていることを確認する。手を伸ばしてローテーブルの上を探り、部屋の明かりを灯《とも》した。

突然の光に網膜を焼かれないように腕で保護しつつ、ゆっくりと身体を起こす。

「……夢…か……？」

見れば、ローテーブルの上には、空になった缶ビールが三本。

リッキーの散歩から戻ってきて、ぐったりしつつも一度身体を起こしてフラフラとキッチンに入り、冷蔵庫から持ち出してきたものだと気づく。

三本とも呑んだだろうかと首を傾げつつ、それ以上に、たかが三本で寝入ってしまったことのほうに驚いた。精神的によほど疲れていたらしい。

視線を感じて首を巡らせば、リッキーはソファの傍らに座り込んでいる。腕を伸ばしてその首を抱き込み、毛並みに頬擦りをした。

「放っておいてすまない。お腹が空《す》いただろう？」

「クゥン」

ソファを下りようとして自分の足が目に入り、ハタとそれに気づいた。

布の上から探ると、かすかに痛みが走る。そこに怪我をしていることがわかった。裾を捲り上げて、杉原は声もなく目を瞠る。

膝に、絆創膏。

自身に問いかけるように額に手をやり、そのままくしゃりと前髪を掻き上げる。

散歩から戻ってきて、ソファに倒れ込んで、ビールを呑んで、寝入ってしまった。その間に自分は、この傷に気づいて治療をしただろうか。

思わずリッキーの顔をうかがってしまう。獣が答えてくれるわけがないとわかっていて、問いかけてしまいそうになる。

だが杉原は、それをすんでで呑み込んで、「はぁ…」と大きく息をついた。

部屋には、どこにも変わったところはない。

夢だ。夢に決まっている。疲れていて、ボーッとしていただけだ。

それでいい。そういうことにしておく。

重い身体を起こして、リッキーに餌をやり、お行儀よく食べる姿を見ていたら、自分も空腹であることにやっと気づく。

「やっぱり、スーパーに寄って帰ってくればよかったな」

そもそも料理などしないのに、疲れきった身体ではさらに何もする気になれない。

だが、下のコンビニまで買い物に行く気にもなれなくて、しかたなく杉原は冷蔵庫を開けた。

アルコール類と、犬飼の指示通りに買い込んできた食材が、ここ二週間手つかずのままの状態で保存されている。生鮮野菜類は萎《しな》びはじめているしそろそろ保存期限が切れそうな食材もあるのだが、杉原にはそれをたしかめて処分する必要があることすら考えつかない。

冷凍庫に、パンがあるのを見つけた。

冷蔵庫からは、サラダ菜と生ハムのパックを取り出す。リンゴがあるのも見つけて取り出そうとして、剝くのが面倒くさいと思い、戻してしまった。面倒くさいというか、リンゴの皮剝きなどしたことがないから、できるかどうかもわからないのだが、だからといって皮ごと齧るのは嫌だ。

ほかに何かないかと漁って、ゴールデンキウイとヨーグルトを見つけた。キウイは半分に切ればスプーンですくって食べられるし、ヨーグルトはジャムをのせればいい。

なんだか滅茶苦茶なラインナップだったが、とりあえず腹に入ればなんでもいいくらいの気持ちで、キッチンに食材を並べる。

それでも、譲れないところは譲れないからと、美味いコーヒーを淹れるべく湯を沸かす。

パンに塗るバターを取り出そうと今一度冷蔵庫を開けたときに、瓶詰めのレバーパテがあることに気づき、こちらにしようとそれに手を伸ばした。

慣れない作業に没頭する杉原は、餌の時間を終えたリッキーが、杉原を気遣って足元に歩み寄ってきていたことに気づいていなかった。

パテなら、パンはバゲットのほうがいい。けれど冷凍庫には食パンのほかには小さめのテーブルパンしかなく、それでいいかと取り替える。フランスパンの生地を丸めたものだから、スライスすればいいだろうと思ったのだ。

普通なら、解凍してからスライスするか、解凍の手間を飛ばしてそのままオーブンに入れてしまうところだが、普段キッチンに立つことのない杉原には、そういったちょっとしたコツがわからない。

結果、硬いパンにそのまま包丁を入れようとして、失敗した。

いかに切れ味の鋭い刃物だとて、カチカチに凍ったパンを切るのは難しい。よほど慣れた力のある人間でもない限りは。しかも、杉原が手にしていたのは、パン切り用のナイフではなかった。ゴールデンキウイを半分に切るのに使った、いわゆる文化包丁《ぶんかぼうちょう》。

「う…わっ、危な……っ」

手が滑って、指をザックリと切りそうになり、反射的に刃物から手を離してしまった。

両手どころか身体ごと逃げて、シンクから離れる。

だが、カチャンッ！　と、ステンレス製品が床に落ちる音と同時に、「キャウンッ！」と聞き慣れない獣の悲鳴が上がるのを聞いて、杉原はハッと身体を強張らせた。

「リッキー……!?」

視線の先には、床に蹲るリッキーの黒い軀。

その前肢に、文化包丁が刺さっている。

目にした途端、反射的に悲鳴を上げていた。

「なんでおまえ……っ」

なぜ呼びもしないのにキッチンなどに、しかも自分の傍らにいたのか、驚くあまり怒鳴りかけて、それどころではないと言葉を呑み込んだ。床に広がる赤いものがリッキーの血であることに気づいたからだ。

慌てるあまり包丁を抜いてしまって、まずかったかもしれないと後悔する。だがやってしまったことは戻らないと思い直し、手近にあった布巾《ふきん》を摑んだ。

「リッキー、大丈夫か？　ごめん……ごめん……っ」

リッキーは吠えない。唸りもしない。ただ荒い呼吸を繰り返しながら、じっと杉原を見上げている。

止血方法は、人間と同じでいいのだろうか。心臓の位置は同じなのだから、腕の付け根——肢の付け根を縛ればなんとかなるだろうか。

簡単な止血をして、電話に手を伸ばす。一一九番を押しかけて、自分がいかにパニクっているのかに気づいた。

——獣医って……。

週末の深夜近い時間だ。診《み》てくれるところなどあるだろうか。

パソコンを立ち上げて検索する時間ももどかしく、電話帳を漁ろうとして、ふとあることを思い出す。

それは、弟の恋人との、何気ない会話だった。花屋の招き猫である愛猫が風邪をひいたときに、時間外に診てくれる獣医を探すのが大変だった、というものだ。

――『でも一軒、とてもいい病院を見つけて、今はそこをかかりつけにしてるんです』

巨体が自慢の愛猫に、ダイエット指南をしてくれているのもその病院の医師だと言っていた。あれはたしか……。

「《はるなペットクリニック》とかいったな……」

弟と恋人が住まうマンションと杉原の暮らすマンションとは少し離れている。病院は花屋の近所だと言っていたから少々距離はあるが、近隣で診てくれるかどうかもわからない動物病院を今から探すよりは、結果的に早いような気がする。

これまで一度も開いたことのない、黄色い分厚い電話帳を開いて、該当ページをめくる。見つけた番号をダイヤルすると、週末のこんな時間だというのに、数コールで繋がった。


電話番号からセットしたカーナビの教えるとおりに車を走らせ、こぢんまりとした動物病院の駐車場に真っ赤な車を滑り込ませることができたのは、それから三十分近く経ってからのことだった。リッキーの大きな軀を運ぶのに手間取ってしまったからだ。

そうした事態が予測できていたのだろうか、車のエンジン音に気づいて病院から人影が駆け出してくる。

「杉原さん、ですね」

車から降り立った杉原に声をかけてきたのは、白衣をまとった痩身《そうしん》。胸に「院長」と書かれた名札をつけた、まだ若い獣医だった。

「院長の榛名《はるな》です。この子ですね」

「ジャーマン・シェパードのリッキーです」

その背後から、やはり若い男性が、ガラガラと台車を押してくる。それに手際よくリッキーを移して院内に運び込み、診察台に乗せた。

「落とした包丁が刺さったとおっしゃってましたね」

「はい。私の不注意で……止血はしたんですが、人間と同じでいいのかよくわからなくて」

杉原の巻いた布巾をとり、傷口を確認する。いくら大型犬とはいえ、犬の肢は細い。それに包丁が突き刺さったのだから、かなりの深手になっているはずだ。

恐怖心と闘いながらも、目を逸らさず治療を見守る。傷口を確認し、治療の準備をはじめた獣医は、青い顔の杉原に気づいて、やわらかな笑みを浮かべた。

「大丈夫ですよ。まぁ、かすり傷ではないですが、歩けなくなるような傷でもありません。すぐによくなりますから」

「そう…です、か……」

やっと少し、肩から力が抜けた。

「おとなしい、いい子ですね。大型犬の治療は結構大変なんですよ。暴れられて、嚙まれることもありますからね」

だから、リッキーの治療はやりやすいと、杉原の気持ちを和ませるための会話を振ってくれる。

やっと獣医の顔をちゃんと確認する余裕ができた杉原は、リッキーの傷に意識を向ける獣医の横顔が、やけに整っていることに気づいた。

その彼の傍らに、彼よりいくらか長身の、やはりかなり整った容貌の男性が立つ。白衣は着ていない。

「悪いな周防《すおう》、手伝わせて」

「いや、気にするな」

そのやりとりに、縫合のための準備を整えながら言葉を返す彼は果たして獣医なのかという疑問が湧いたが、その慣れた手つきを見て、すぐに安堵した。

治療には、それほど長い時間はかからなかった。

万が一のために一晩あずかりましょうかと言われるのを辞退して、かまわないなら連れて帰りたいと申し出る。その杉原の言葉を理解したわけでもないだろうに、治療を終えてベッドに横たわっていたリッキーが、怪我にもかまわず軀を起こそうとした。

「リッキー、いいから、おとなしくしてるんだ」

おまえはまったく…と零すと、カルテの入力のために書かされた問診表に視線を落としていた獣医が声をかけてきた。

「リッキーくん……年齢はわからないんですか？　既往症の欄も空白ですね」

「友人から譲り受けた子で、その……」

「成犬になってからですか？」

「ええ」

なにか？　と問うと、「ずいぶんちゃんとした訓練を施されているようなので」と返される。

すると、ふたりのやりとりを聞いていた、白衣を着ていないほうの男性が、「ちょっと失礼」と割って入ってきた。

「この子、もしかして元警察犬ですか？」

「……え？」

杉原が不審そうな顔を向けたのは彼が口にした内容に対してだったのだが、院長は彼自身に向けられたものと勘違いしたらしい、そういえばと思い立った様子で、言葉を継いだ。

「紹介が遅れてすみません。彼は私の大学時代の同級生で、今は大学病院に勤務している獣医です。腕はたしかですから、ご安心ください」

会合のあとたまたま立ち寄って、動物医療談義に花を咲かせていたところ、急患に巻き込まれたらしい。

院長の弟も獣医で、普段はふたりの獣医ともうひとり、獣医学部に通う末弟の三人で病院を切り盛りしているらしいのだが、夜遅い時間の急患だったために、居合わせた友人に助っ人《と》を頼んだのだと説明された。

並ぶふたりは、言われなければとても獣医とは思えない派手な容貌の持ち主だが、どうやら中身は、動物医療に燃える生真面目《きまじめ》な獣医師らしい。

「周防です。退役犬のなかには、一般に引き取られる子もいると聞くので、そうかと思ったんですが……」

「いや、そんな話は……」

聞いていないとつづけながらも、杉原は曖昧に笑った。

退役犬？

そういえば、昼間に会った警察官も、そんなような言葉を口にしていた。あのとき、あとから来た刑事に遮られて話が途中になってしまったけれど、警察官は何かを言おうとしていた。

——『ええ、災害救助犬とか警察……』

あれは、警察犬とつづけようとしていたのだろうか。

「教授にたのまれて、訓練所の犬を診たことがあるんだ」

雰囲気が似てるんだと、周防と名乗った獣医は言葉をつづけた。

「嘱託《しょくたく》の警察犬じゃなくて、本庁所属のほうか？」

「ああ。何度も表彰されてる優秀な子も診たけど、恐ろしいほどによく躾けられてて……躾っていうか、訓練だけどな」

「たしかに、ペットの仕種じゃないな。眼光が違う。しかもこの賢そうな顔、体格も立派だ。引き締まってて、無駄な贅肉《ぜいにく》なんてこれっぽっちもない」

ふたりの獣医は、治療の済んだリッキーをしげしげと観察する。その言葉を聞きながら、杉原は今日一日で急に積み上がった情報を、頭のなかで懸命に整理した。

ひったくり犯を追いかけたリッキー。あまりにも手際よく、犯人を確保してみせた。

そのリッキーを退役犬かと尋ねた警察官。

おとなしいものの、普通の犬のように人間にじゃれついたり甘えたりすることのないリッキーが、刑事に反応を示したことの意味。

そして獣医は、元警察犬ではないかと言った。

犬飼は逃亡者なのだから、警察に追われているだろうことは想像の範囲内だ。だから、リッキーが刑事に反応を示してもおかしくはないが、その場合は吠えたり威嚇したりするのではないだろうか。だがリッキーは……。

——どういうことだ？

黙り込んでしまった杉原が、愛犬に怪我をさせてしまったことで落ち込んでいると思ったのだろう、獣医は杉原の二の腕をやさしく叩いて、「大丈夫ですよ」と気遣ってくれる。

「ずいぶん鍛えられている子のようですから、回復も早いでしょう」

周防と名乗った助っ人獣医も、リッキーの頭を撫でながら微笑んだ。

豪奢《ごうしゃ》な、でも揺るぎない笑みの二乗に、杉原もやっと心からの笑みを浮かべる。そして、診察台の上におとなしく横たわる大きな獣の首をぎゅっと抱き締めた。

「万が一、容体が急変するようなことがありましたら、すぐにお電話ください。何時でもかまいません。状況によっては往診もしますので、その際はご相談ください」

そう言って、病院の料金体系やシステムについて書かれたプリントを渡してくれる。その真摯な対応に、ここをかかりつけにしようと決めた未咲の気持ちがよくわかった。


自分の肢で車に移動しようとするリッキーを、宥めすかして台車に乗せ、後部シートに横たえて、ふたりの獣医に見送られ、杉原は車を発車させる。

日付が変わって久しい深夜。

住宅街を貫く生活道路に、車の影はほとんどない。

そこを疾走する杉原の車の後方、一定の距離を置いて、一台の車がついてくる。

後部シートに軀を横たえていたリッキーが、ピクリと耳を反応させ、首を上げた。それに気づいた杉原が、バックミラー越しに声をかける。

「寝てていいぞ。おまえは今、怪我人なんだから」

だがリッキーは、上げた頭を戻さない。その様子に、杉原はため息をつく。

薄暗い車内でバックミラー越しに視線を投げるだけの杉原は、警戒心を漲らせるリッキーの様子に気づけなかったのだ。

「いつになったらおまえは、本当に心を開いてくれるんだろうな」

リッキーの前肢に巻かれた包帯の白さが目に痛くて、杉原は口を引き結んだ。

黒い瞳でドライバーズシートを見つめながらも、リッキーの鋭い聴覚は、別のものに向けられている。だが杉原には、それがわからない。

7

動物の治癒力は驚異的だった。

人間なら一生傷痕が残るような開腹手術をしても、どこを切ったのかわからないほどに綺麗に癒えてしまうこともあると聞いたがまさしく、包帯が取れるのは想像した以上に早かった。

その一方で、杉原《すぎはら》の膝から脛《すね》のすりむけた怪我は、まだ一部分瘡蓋《かさぶた》が張った状態だ。

「痕、残りそうだな」

十代二十代ならいざ知らず、新陳代謝が鈍った年代では、怪我の治癒も遅い。

あのときは自分が寝惚けたのかと思っていたが、考えても考えても、自分で治療した記憶のない怪我。

それでは、リッキーと言葉を交わす男の声は、実際にこの耳で聞いたものだったのだろうか。あのキスは、現実に与えられたものだったのだろうか。だとしたらなぜ、男は自分の前に姿を現さないのだろう。

――『巻き込んですまない』

――『もう少しだけ、リッキーを頼む』

あの言葉の意味は……。

新聞をめくる。

それらしい事件の記事は見つけられない。

考え込む杉原の鼓膜が、現実世界の音をちゃんと拾ったのは、それが彼のなかでかなり上位に位置づけられる人物が発したものだったからだ。

「兄貴、体調でも悪いのか?」

ふいに頭上から降ってきた声に、杉原は顔を上げた。デスクに浅く腰かけるというお行儀が悪いながらもなかなかにサマになる恰好で、弟が見下ろしている。

時計は、深夜近い時間を指している。秘書室に、兄弟以外の姿はない。

まずは、弟が自分を「兄」と呼んだことに驚いた。彼が自分を名前で呼びはじめたのはずいぶんと幼いころのことで、そのために当初、彼の可愛い恋人に要《い》らぬ誤解を与えてしまったこともあったのだ。

だが、無意識に甘えが滲むときなどごくたまに、彼が自分を「兄」と呼ぶことに、杉原は気づいている。

「なんでもないよ」

終業時間はとうに過ぎているし、ほかの面子《メンツ》がいないのもあって、杉原も兄としての顔で返す。声色からそれを聞き取ったからだろう、弟の態度に常ならぬ子どもっぽさが滲んだ。

「犬、飼ったのか？」

「……あずかってるだけだよ」

「あれこれ買い込んで？　もうずいぶん経つよな？」

問いかけには答えず、広げていた新聞をたたみ、数紙分積み上がったそれを所定の場所に戻す。それを目で追っていた弟が、やはりずっと気になっていたのだろう問いを投げてきた。

「最近よく、らしくない紙面を読んでないか？　いったい何を気にして――」

経済面だけでなく、雑多な紙面にもくまなく目を走らせる兄の行動を、ずっと怪訝に感じていたらしい。だがその問いかけを、杉原は少し強い口調で遮った。訊かれたくないのだという感情が、あえて透けて見えるように。

「あんまり俺にかまってると、未咲《みさき》ちゃんがまたヤキモチ焼くぞ。気をつけろ。あの手のタイプは怒らせると存外怖いからな」

敏《さと》い弟は、兄の気持ちを察してつづく言葉を呑み込む。かわりに、少し拗ねた声でボソリと呟いた。

「ガキ扱いするなよ」

精悍さをたたえる横顔に不似合いな、子どもじみた眼差し。幼いころ、父と喧嘩《けんか》をするたびに家を飛び出してきては杉原の前で膝を抱えていた姿がだぶって見えて、杉原は苦笑した。

「ありがとう。本当に大丈夫だ。悪かったな、心配させて」

「……別に」

少し不服げに返してくる。

ポーカーフェイスの裏の本心を弟に悟られるなんて……と、ずっと思ってきた杉原だったが、自身への落胆以上に温かな気持ちのほうが勝っていることに気づいて、口許を緩めた。

「何かあったらちゃんと頼るから。俺にはもう、おまえだけが血の繋がった家族なんだから」

だからそれまでは、何も訊かずそっとしておいてくれとお願いする。

兄の穏やかな表情に、完全にとはいかなくてもある程度納得したのか、弟は「わかったよ」と頷いた。

「けど、今度また仕事に影響が出るようなことがあったら、そのときは口を割らせるからな」

思いがけず強い口調で諫められて目を瞠る。

視線の先に佇むのが、有能な経営者であり、また自分の上司であることを見とって、杉原は表情を引き締め、「胆《きも》に銘《めい》じさせていただきます」と慇懃《いんぎん》に頭を下げてみせた。

ドラマや映画なら、ほんのわずかに残されたヒントから、一般人であるはずのなんの力も情報網も持たない主人公が、恋人や犯人捜しをはじめ、あまつさえ事件や謎を解決してしまったりするものだが、現実にそれは無理な話だ。

ほとんど傷の癒えたリッキーは、以前通り常に杉原に寄り添い、じゃれつきもしなければ、腹を見せて甘えたりもしない。

落胆を覚えるものの、かといって杉原は、諦めてもいなかった。

このまま犬飼《いぬがい》が戻ってこなければ、リッキーの飼い主は自分だ。だから、気長にいくことにしたのだ。リッキーが自分を主人と認められないのならばしかたない。時間をかけて、ゆっくりと信頼関係を築いていくよりできることはないだろう。

スーパーで買い込んだ惣菜での夕食を終えて、リッキーを傍らに、ケーブルテレビのチャンネルをザッピングする。すると動物番組専門チャンネルにぶちあたって、チャンネルの上下ボタンを押していた指を止めた。画面に、ジャーマン・シェパード・ドッグの姿を見とめたからだ。

それは、軍用犬の訓練風景を映したドキュメンタリー番組だった。

厳しい訓練の途中、普段は従順な犬が牙を剝き出しにする光景を目にして、杉原はひったくり犯に飛びかかったときのリッキーの姿を思い出した。

何度か嚙まれて、やっとハンドラー《調教師》として一人前になれると、なかなかに恐ろしいナレーションが入る。

映像に見入っていた杉原は、さる場面で身を乗り出した。

それは新人ハンドラーの訓練風景のひとつだったのだが、そのなかで若い兵士がパートナーの犬に施していた基礎訓練に、見たことのある動きを見つけたのだ。

「これ……」

最初にリッキーと散歩に出た夜、犬飼がリッキーにさせていた動きだった。

軍用犬ならではのものではなく基本的なもののようだが、しかしペットとして飼われている犬にやるかと言われたら、やらないもののように思える。リッキー以外の犬を飼った経験のない杉原がそう感じただけのことで実際には違うのかもしれないが、素人目にはそう映った。

そして、ふと思いつく。

「おまえ……もしかして、任務中なのか？」

もしくは、任務中だと思い込んでいるのか。

獣医は、元警察犬ではないかと言った。助けた当初、犬飼は姿勢を崩さないリッキーに、どこか苦しげな表情を向けて、そう躾けられているのだと呟いた。

獣医が最初から「元」とつけたのは、診察したときのさまざまな要素からリッキーの年齢を推察して、とうに引退していていい年齢だとアタリをつけたためだろう。でなければ、警察関係者ではない杉原が連れていたことで、嘱託警察犬なのかとまずは尋ねてくるはず。

一般にあまり知られていないが、警察犬には二種類が存在する。各都道府県警察が直接飼育管理し訓練をしている直轄《ちょっかつ》警察犬と、一般の飼い犬が専門の訓練や試験を受けて受託する嘱託警察犬の二種類だ。

引退しても、任務を忘れられないままでいる元使役犬。賞賛に値するようでいて、どこか哀しさの否めないリッキーの姿を、犬飼は憂えていたのではないか。あのときの男の横顔を思い出して、杉原はそんな思いに捉われた。

「リッキー」

呼ぶと、こちらに顔を向ける。けれど尻尾を振ったりはしない。わしわしと頭を撫でても、顔を舐めたりじゃれついてきたりもしない。

どこか重い気持ちでその首を撫でていた杉原は、ずいぶんと立派な首輪に、いまさらのように目を留めた。本革製のそれにはしっかりとした金具が取りつけられている上に太く、かなりがっしりしている。

「もっと可愛いの買ってやろうか」

ペットらしいものを…と考えて、それを外す。だが、その裏側に刻まれたものに目をとめた杉原は、外した首輪をすぐにリッキーの首に戻してしまった。

『親愛なるリッキーへ　Y』

飼い主からの、愛情の込められた贈り物だと理解したのだ。これを外す資格は、今の自分にはない。

——……Y？

犬飼は、犬飼敬篤《たかあつ》。本名だと言った言葉を信じるのなら、イニシャルは「T」と「I」だ。実は偽名だったのか、それとも犬飼以外にもリッキーに情を注ぐ人物がいるのか。

ハンドラーだろうか。リッキーが、ペットとして必要最低限のものではない、特殊な訓練を受けた犬なのだとしたら、それを施したハンドラーがいたはずだ。

彼の世界は決して狭くはない。さまざまな人間が、リッキーにかかわっている。そのなかで、自分は何番手に位置しているのだろう。

「久しぶりに散歩に行くか」

少しでも多く触れ合って、リッキーに飼い主と認めてもらいたい。そんな思いがふいに強くなる。それに、怪我のためにしばらく散歩できていなかったから、リッキーも身体を動かしたいはずだ。

もうずいぶんと遅い時間だが、リッキーが一緒なら夜道も怖くはない。病み上がりだから少し短めに切り上げて、帰りに下のコンビニでアルコールとツマミでも仕入れて帰ってこよう。

杉原がリードを手にすると、何も言われなくてもリッキーは腰を上げる。お散歩グッズ一式の入った小さなトートバッグを手に、深夜の散歩に繰り出した。

いつもの公園までの道を辿る。

終電で帰宅した人も、おおかた自宅に辿り着いたと思われる時間帯、住宅街の路地を歩く人影はない。

路地は薄暗く、公園内もまたしかり。街灯は灯っているものの、視界がきくとは言い難い光量だ。

そんな散歩道を、杉原は慣れた足取りで歩く。

だが、いつも腰を下ろしてひと休みするベンチに辿り着く前、木々の生い茂った遊歩道を抜ける手前あたりで、自分の足音にかぶるもうひとつの足音の存在に気づいた。

自分と同じように、こんな時間に犬の散歩をしているのか、最終電車で降り立ったあと二十四時間スーパーで買い物でもしていて遅くなったのか、駅前のアーケード街で呑み食いしていてこんな時間になったのか。

こんな時間にこんな場所を通りかかる理由として、考えられるものはいくつもある。特別不思議なことではない。

だが、足音が重なる――つまり歩調がほぼ同じであることに、引っかかりを覚えた。

たまたまかもしれない。けれど、散歩目的の杉原はゆっくりめに歩いている。一方で、帰宅途中なら、よほど酒に酔っていてもいない限り一般的に歩調は速まるものではないのか。

そして、自分が足を止めれば背後の足音も止まることに気づいたとき、杉原の背を冷たいものが伝った。

同時に、低い唸りが鼓膜に届く。

「リッキー？」

リッキーの目が、背後に注がれていた。

暗闇に向かって唸っている。だがその声は低く小さく、杉原に危険を知らせるためのものであって、闇に潜む影を威嚇するためのものでないことが知れた。

「……行こう、リッキー」

むやみに駆け出して、何者かわからぬ影を刺激したくない。ゆっくりと、それまで通りに歩みを進める。杉原の意図を理解しているのか、リッキーもおとなしくついてくる。

開けた場所に出る寸前だった。

木陰から、ザッと人が飛び出してきたのは。

「――……!?」

驚いた杉原は、悲鳴も上げられず身体を凍らせる。

「見つけたぞ！」

「やっぱり、この犬だ！」

両脇から飛び出してきてそんなことを叫ぶのは、チンピラ風のまだ若い男たちだった。

咄嗟に頭を過ったのは、犬飼とリッキーを助けたときに見た男たちの風貌。あのときの追っ手と印象が重なったのだ。

「な……に……」

ジリッとさがったら、右側の男が飛びかかってきた。だが、杉原に辿り着く前に、リッキーに阻まれる。

「グルルル…ッ」

両肢を開いてふんばり、前傾姿勢をとったリッキーは、完全な威嚇モード。いまにも飛びかからん勢いで、チンピラふたりに向かって唸っている。

杉原は、男たちに気づかれないように、そっとリードから手を放した。リッキーがいつでも攻撃できるようにと思ったのだ。

だが、その判断を次いで後悔する。

左側の男が胸元から取り出したもの。それは黒光りする鋼《はがね》の塊だった。

——……!?

その男に、右側の男が吐き捨てるように指示を出す。

「犬を黙らせろ。生きてようが死んでようが関係ねぇ」

銃口が上げられた。

ごくごく至近距離で、リッキーを狙《ねら》っている。

「な……っ」

杉原がリッキーを庇おうとするより、それは一瞬早かった。高い咆哮をあげて、リッキーが男に飛びかかったのだ。

「ガウッ！」

「うわ…ぁ！」

リッキーに腕を噛まれて、銃が地面に転がった。獰猛《どうもう》な呻きを上げて、リッキーは男を押さえ込む。

残されたもうひとりの男は杉原に駆け寄ってはこない。なんとかリッキーを仲間から引き離そうと四苦八苦していた。

目的は、自分ではない。

杉原は咄嗟に察した。だとすれば――――。

――リッキーが危ない……！

そう気づいた瞬間だった。

「キャンッ！」

悲痛な悲鳴が上がった。

同時に、パスッ！　と、空気を切り裂く音。

リッキーの大きな軀が、はじかれて遊歩道に転がるのが、まるでスローモーションのように杉原の網膜に映る。

「リッキー……！」

悲鳴が迸った。

だが、駆け寄ろうとした杉原に伸びる、暴漢の仲間の手。後ろから口を塞がれ、羽交い絞めにされた。

「——……っ!?」

第三の男が……いや、仲間はあと三人いた。全部で五人だ。そのなかのひとりが、仲間に襲いかかるリッキーに発砲したのだ。

幸いにも、リッキーの唸り声は途切れていない。

「なんだ、これ。照準がズレてるぞ」

撃った男が忌々しげに吐き捨てる。

「安い消音器《サイレンサー》なんざつけてるからだ。もっと近づいて撃てよ。近けりゃ関係ねぇだろ」

消音器《サイレンサー》のつけられた銃をしげしげと見やる男に、別のひとりが言い放つ。

そのやりとりに、絶望的な気持ちで目を瞠った。

「おい、こいつはどうする？」

「気絶させとけ」

「顔見られたぞ」

「じゃあ、殺《や》れよ」

人の命をなんだと思っているのかと、問いたくなるようなやりとり。いくら気丈な性質の杉原といえども、身体が震えるのはどうしようもない。根本的に荒事には慣れていないのだ。

銃口がリッキーに向けられるのが見えて、なんとか阻もうと暴れたら、ガッと頭を殴りつけられた。

「……っ」

そのまま頽《くずお》れそうになるのを、ふたりがかりで引っ立てられ、コメカミに銃口が押しつけられる。

グッとトリガーに力が加えられた。

意識を朦朧とさせた杉原には、もはや状況が掴めない。

だが、混濁しかけた意識を、鼓膜が破れるかと思うほどの騒音が、現実に引き戻した。

爆発音のように思えた。

立てつづけに二度聞こえたそれが銃声であることに、咄嗟には気づけない。ドラマや映画の効果音で聞くものとは、ずいぶんと違っていたからだ。

次いで、男の悲鳴と呻き。

さらに、自身の身体を圧迫するものが退いて、身体が崩れ落ちる。重力に抗えるだけの力を失った身体を支える術《すべ》もなく、そのまま地面に倒れることを覚悟した杉原だったが、その衝撃はいつまで待っても襲ってこなかった。

ガッシリとした、何かに抱きとめられたのだ。

「主視《かずみ》……！」

名前を呼ばれた途端、殴られた場所にそれまで感じなかった痛みを感じた。

——な…に、が……。

いったい何が起きたのかと、思考を巡らせる前に、べつの声が耳に届く。

「そこまでだ！　おとなしくろ！」

この声も、どこかで聞いたことがある。

ぎゅっと瞑っていた目を開けると、そこには、見覚えがあるようでない横顔があった。

精悍な男の顔。

鋭い眼差しは前方に向けられ、わずかに首を巡らせて確認をすると、伸ばされた右手の先には銃が握られている。左腕一本で倒れ込んだ自分を支えて、その体勢のまま、銃口をピタリと前方に定めているのだ。

暴漢のうちふたりは肩を銃で撃ち抜かれ、地面に転がってのたうっている。残りの三人は硬直した顔で、両手を頭上に上げていた。

そこへ駆け込んでくる複数の足音。

「全員確保！」

号令は、杉原を抱く男ではなく、もうひとつの聞き覚えのある声の主が発した。

暴漢たちが、駆け込んできたスーツ姿の男たちに引っ立てられる。

「救急車だ！」

地面に転がったふたりの容体を確認していた、さらに別のひとりが叫んだ。

杉原を抱く男が、ゆっくりと腕を下ろす。手にしていた銃をホルスターに戻して、それからこちらに顔を向けた。

「犬……飼……？」

「大丈夫か？」

整えられた髪、仕立てのいいスリーピース、耳に仕込まれたイヤホンと、何より、手にしていた拳銃《けんじゅう》。

そこから導き出される結論などひとつしかないが、口に出して問う気にもなれず、杉原は問われたことに対してのみ言葉を返した。

「大丈夫じゃない。殴られた」

掠れた声で言うと、男の手が頭を撫でる。

「コブになってるな」

「力任せにやられたんだ、当然だろう」

力のない声で、あえて事務的に言葉を返す。

だが、男の腕に支えられて身体を起こしたところで、ハッとした。

「リッキー!?」

足を縺れさせながらも男の腕を抜け出し、リッキーの倒れていたほうへ駆け出すと、スーツ姿の男の波の向こうから、黒い獣が姿を現した。

「……リッキー……」

ヘタリと地面に膝をついた杉原の前に、ひょこひょこと片肢を引き摺って歩み寄ってきたリッキーは、いつも通りちょこんとお座りをする。

「よか…った……」

そろそろと腕をまわして、傷に触らないように注意しながら、リッキーの首を抱く。

「無事でよかった……っ」

心からの言葉を吐き出すと、リッキーは「クゥン」と鼻を鳴らした。

その傍らに、犬飼が片膝をつく。

「リッキー、よくやったな」

「ワン!」

犬飼の言葉に応えるように、リッキーは力強く吠えた。

「よし、lei down《伏せ》」

犬飼のコマンドを聞いて、やっと軀を伏せる。肢の付け根あたりを弾が掠ったらしく血が滲んでいるが、肉が抉れるような大怪我ではないようだ。

「いい子だ《good boy》」と忠犬をあやしつつ、犬飼はハンカチを取り出して、リッキーの傷の応急処置をはじめる。

そこへかかる声。

「参事官！」

駆け寄ってきたのは、以前リッキーがひったくり犯を捕まえたときに会った、たしか松坂《まつざか》という刑事だった。先ほど聞いた、犬飼のもの以外に聞き覚えのある声は、彼のものだったのだ。

だが、松坂が役職名で呼んだ相手が犬飼であることに、すぐには気づけなかった。犬飼が腰を上げたことで、それにやっと気づく。

「別働隊から連絡が入りました。あちらも全員確保したそうです」

「わかった」

頷いた犬飼は、今一度屈み込むと、リッキーの首輪に手をかけた。外した首輪を確認して、懐《ふところ》からナイフを取り出す。

「何を……っ」

慌てた杉原が止める間もなく、革を縫い合わせている糸を切って、首輪をバラしてしまった。そして、縫い合わされていた二枚の革の隙間から、小さなチップのようなものを取り出して、松坂の手に落とす。

「これだな」

「こんなところに証拠を隠すとは……山中《やまなか》さんらしいですね」

松坂の言葉に、犬飼は神妙な顔で頷いた。

「これを鑑識にまわして分析させろ。大先輩の弔《とむら》い合戦だと言って、焚きつけてやれ」

そうすれば通常の半分の時間で仕事を上げてくるだろうと、犬飼は不遜《ふそん》に言い放つ。それを聞いた松坂が、やれやれと肩を竦めた。

「了解です」

腰を上げようとして、自分たちをじっと見つめる杉原とリッキーに気づいたのか、松坂は人好きのする笑みを浮かべて、まずはリッキーの頭に手を伸ばす。

「よう、リッキー、お手柄だったな」

「ワフッ」

「けどもう、これでおまえの仕事は終わりだ。今度こそ、悠々自適の隠居生活を楽しむんだぞ」

それから杉原に向き直って、まるで悪びれることなく言い放った。

「ご無事なようで、何よりでした」

「……」

先日会ったときに、リッキーのことを知っている様子はまるでなかったはず。それについての説明はないのかと睨んでいたら、「言い訳と説明なら犬飼がするでしょう」と困った顔をされてしまった。

「リッキーを武林獣医《たけばやしせんせい》のところへ運べ！　連絡は入れてある！」

部下に指示を出していた犬飼は、松坂に肩を叩かれて、少々疲れた顔で苦笑を零す。

疲れたのはこっちだと怒鳴り返してやりたい気持ちに駆られながら、杉原は怨念《おんねん》のこもった声で呟いた。

「……参事官？」

なんだそれは。食えるのかと、真顔で聞き返してやりたい。

ちなみに参事官とは、警視庁においては副部長クラスの役職で、捜査活動等の指揮官としての役割を担う立場だ。それだけでなく、政策参画業務も担当している。同程度の階級の人間が就く署長職より役職的には上に位置していて、指揮命令範囲もより広範囲に及ぶ。

つまりは、ヒラの一刑事ではありえない、ということだ。

捜査を指揮する立場にある人間が、チンピラに追われて傷を負い、一般人を巻き込んだ挙句、タダ飯のみならず据え膳まで食って礼のひと言もなく消えたというわけか？

杉原の威嚇視線を真っ向から受け止めつつ、真っ正面に片膝をついた犬飼は、胸元を漁って黒い手帳型のバッジケースを取り出す。

「申し遅れました。警視庁組織犯罪対策部の犬飼です」

告げられたのは、想像したままの内容だった。

目の前に開かれた身分証には、たしかに犬飼敬篤の名。だが、記された階級を読み取った杉原は、啞然と目を瞠った。

「……警視正《けいしせい》……？」

キャリアだとしても、年齢的に少々早くないか？

思わず心のなかで突っ込みを入れたが、口にするには至らなかった。啞然呆然とするあまり、口が動かなかったのだ。

「事件解決にご協力いただき、感謝します」

治療のためにリッキーが連れられていったあとも、地面に膝をついたまま動けないでいる杉原に手を差し伸べ、抱き起こす。

男の腕のなかで呆然としていたら、陽気な、茶化すような声が飛んできた。

「もう死んだふりは必要ないんですから、サボってないで、ちゃんと仕事してくださいよ」

おどけた調子で軽く敬礼して見せ、「先に戻ります」と去っていったのは松坂。

キャリアが最前線に出てきているだけでもありえない事態なのに、叩き上げのノンキャリアにそんなことを言われて平然と笑っている。

「死んだふり？」

「捜査の都合上、向こうにそう思わせておく必要があってね」

整えられた髪に上質なスーツ、洒落《しゃれ》た柄のネクタイ。嫌味なほどのインテリぶりに、怖気《おぞけ》が走るような口調が拍車をかける。

「恥ずかしながら内通者の懸念があったものだから、ああするよりなかった。巻き込んだことは申し訳なかったと思っている」

杉原の頭に手を添え、コブの状態をたしかめながら、犬飼が言葉を紡ぐ。

「ほかに言うことは?」

「……ほか? 事件の詳細なら、本部でゆっくりとご説明しよう」

まずは傷の手当てをしなくては、と心配げな眼差しを向ける。まるでわかっていないその態度に、杉原のコメカミあたりでブチリ! と不穏な音がした。

スッと息を吸い込み、右手を振り上げる。

パァンッ! と、小気味いい音が、深夜の公園に実に軽快に響き渡った。


慌てて駆け戻ってきて、殴り足りないと拳を振り上げる杉原を止めたのは松坂だった。

同行を求められ、本部で怪我の治療を受ける。ひどいタンコブにはなったが、たいしたことはない。一晩冷やせば治まるだろう。

あらかたの事情聴取と状況説明とを終えたところで、獣医に連れられていたリッキーが戻ってきた。肩に包帯を巻かれた痛々しい姿だが、大事にはいたらなかったようだ。すぐに杉原の傍らによってきて、ちょこんとお座りをする。

足の間に座らせたリッキーの首を撫でていたら、騒音とともにドアが開けられて、見慣れた顔が駆け込んできた。

「主視……！」

追いかけてきた婦警に、「落ち着いてください」と宥められているのは、青い顔をした弟。その背後には、大きな白猫を抱いた未咲《みさき》の姿まである。

「一獅《かずし》……」

どうやらデート途中を邪魔したらしいと察して、杉原は苦笑した。

「怪我は!?」

「大丈夫だ。ちょっとコブができたけど……悪かったな、邪魔して」

チラリと背後の未咲に視線を送りつつ、茶化した声で言う。すると、いつもは従順な弟が、

「ふざけるな！」と激昂《げっこう》した。

「か、一獅っ」

恋人に腕を引かれて、周囲の刑事たちの視線に気づいたのか、気まずそうに口を噤む。そんな弟の顔がやけに青白いことに気づいて、杉原は苦笑した。

「心配させて悪かった。未咲ちゃんも、ありがとう」

弟の腕をポンポンと叩きつつ、背後の痩身にも視線を投げる。すると白猫を抱いた青年は、ふるっと首を横に振った。

「いったいなんなんだよ」

状況がまったく見えないと、眉間に深い皺を刻んだ弟が吐き捨てる。言われた杉原も「こっちが訊きたい」と肩を竦めるよりない。

ふたりのやりとりに場の空気が緩み、見守っていた刑事数人の口からククッと愉快そうな笑みが漏れたが、杉原はそれを一瞥《いちべつ》で制してしまう。

タラリ…と頬に冷や汗を滴らせる刑事たちにぐるっと威圧的な視線を向けて、それから弟に向き直り、それはそれは綺麗な笑みを浮かべた。

弟の頬がヒクリと引き攣《つ》る。

兄の機嫌が絶不調であるときに、この完璧なスマイルが出ることを、付き合いの長い弟は身をもって知っているからだ。

「先ほどの説明を今一度いただけますか？」

弟のために、との杉原の要望を受けて、冷や汗を滴らせていた刑事たちが顔を見合わせる。

満面の笑みを浮かべる杉原と、頭を抱える弟。目をパチクリさせるその恋人と、呑気に大欠伸をしている白い巨体。そんな三人と一匹に向けて、刑事たちはゴクリと唾《つば》を呑み込んだあと、今一度口を開いた。
「そもそもは、リッキーのハンドラーだった山中さんなんです」
「麻薬組織摘発の途中で、山中の遺体が上がりまして。リッキーともども引退が決まってい
て、最後の仕事になるはずでした」
「密売組織の連中にやられたんですよ！　見つけた証拠ともども拉致《らち》されて！」
「リッキーはやつらのアジトのひとつに放り込まれたまま放置されてたんですが、それに気づ
いた参事官がひとりで助けに飛び込んじまって……まったくキャリアのくせに現場が好きな困
った方なんですよ」
「リッキーを庇ったらしいんですが、それで怪我して追い込まれてりゃ世話ないですよねぇ」
「でも、ついでにアジトひとつ潰したんですから、あの人。無茶しますよ、ホント」
「これはお聞きになられているようですが、お恥ずかしいことに、事件に内部の者が絡んでま
して……まぁ、早い話が押収物の横流しです。だもんで、参事官とリッキーには死んでもらっ
たほうがこっちも捜査がやりやすいってことになりまして」
「怪我してるって言うし、姿を隠してもらってたんですが……女のところにでも転がり込んで
るかと思いきや……、あっと、失礼」
「そのあとで、山中さんがリッキーの首輪に証拠を隠したことが判明しまして。これがまたま
ずいことに、やつらにもその情報が伝わってしまったんですよ」

「やつらはリッキーも参事官も死んだものと思っていたので、多少の時間稼ぎはできましたが、いやぁ、焦りました」

「自分、こっそり警護につかせていただいてましたが、いつばれるかとヒヤヒヤでしたよ。そちらにはリッキーもいますしね」

「参事官がひとりで戻られたんでお尋ねしたら、リッキーはボディガードに置いてきたって……正解でしたね、さすがだなぁ」

「ともかく、組織は摘発されて山中さんの無念も晴らせそうですし、おたくもリッキーも軽傷ですんで何より」

「ま、何かあっても責任は参事官がとられるでしょう」

理屈が通っているのかいないのか、まったくわけがわからない説明を並べ立てられて、かなり頭の回転がいいはずの弟も、唖然とした顔。未咲にいたっては、すでに思考がフリーズしたのか、弟の傍らで固まっている。

「――というわけだそうだ」

他人の口から聞いてもこれほど腹立たしいもの、張本人の口から聞かされたらいったいどうなっていたことか。

復活しろ、と促してやると、弟はハタと我に返ったあとで困惑げに眉根を寄せ、こちらに視線を向けた。こんなふざけた説明で納得しろと言うのか？　と、その目が訊ねている。誰よりそれを訊きたいのは、間違いなく杉原だ。

「これが日本警察の実態だそうだ」

表面上、弟の反応を茶化しつつも、ヒヤリとする声で言う。

途端室内の温度が氷点下に下がった錯覚を覚えて身震いした刑事たちとは対照的に、軽いノック音とともに部屋に足を踏み入れてきた長身の男は、頬に残る赤い痕を指先で掻きながらも、平然とした顔だった。

戻ってきたリッキーに声をかけ、それから弟カップルに「お騒がせしまして」と腰を折る。明るいところでその顔を見れば見るほど腹が立って、杉原はすいっと視線を逸らした。視界に入れてしまったら、怒りが倍増しそうだったからだ。

その一方で、見慣れない姿を目にして、ドキリと心臓が跳ねる。それをなかったことにしたくて、杉原はひとつ呼吸を整え、犬飼に笑みを向けた。完璧な、薄ら寒いほどのアルカイックスマイルだ。

「で？　あなたの口から説明はないのでしょうか？　犬飼警視正？」

階級部分に、意図的に力を込めて、わかりやすく嫌味っぽさを加える。だがそんなものにこたえない犬飼は、ニコリと愛想のいい笑みを返してきた。

「先ほど部下が説明した通りです。捜査にご協力いただき、本当に感謝しています」

「とんでもない。それも善良な一般市民の務めですから」

肩書きのすごさに目を瞠る弟カップルに、もはやかまってはいられなかった。ゆらりと立ち上がった杉原は、犬飼の正面に立つと、ニコリと笑みを向ける。そして、尋ねた。

「アバラの骨折は完治してらっしゃいますね？」

「……？　おかげさまで」

「そうですか、では――」

ゴスッッと、鈍い響き。

杉原の拳が犬飼の腹にめり込む。

自分にたいした力などないことを承知で、男の部下たちの前でパフォーマンスをしてみせる。

思わず腹を抱えた犬飼の横を、杉原は無言で通り過ぎた。

そのあとを、ひょこひょこと肢を引き摺りながら、リッキーが追う。

唖然とことの成り行きを見ていた弟の耳に、「車で来てるんなら送ってくれ」と、超絶不機嫌な兄の声が飛んできた。


部屋に帰りついた杉原が真っ先にしたことは、犬飼のために買い揃えて、そのまま放置していたアレコレを全部、ゴミ袋に詰め込むことだった。

分別ゴミを纏《まと》めて、出せるものはさっさと集積所に運んでしまう。曜日が違っていて出せないものは、キッチンの片隅に一度纏めて積み上げたものの、視界に入るのも嫌でベランダに投げ捨てた。

かわりに、リッキーのために買ったものは全部、仮初ではない所定の位置を決めて片付け、今後使いやすいように整える。

疲労困憊《こんぱい》ではあったものの、シャワーだけは浴びて、ベッドに倒れ込んだ。カーテンの隙間からは、朝陽が差し込みはじめていて、瞼の奥が鈍い痛みを訴える。

――ムカツクムカツクムカツクムカツク……！

胸中で延々と毒づいて、頭のタンコブのために枕がわりに敷いた氷嚢《ひょうのう》を殴りつけた。薬局で売っている、凍らせてもやわらかいゲル状の氷枕だから、全然ちっとも痛くない。ズレたタオルを巻きなおして、そこに頭を乗せる。

視線の先に広がるシーツをじっと眺めて、あることに気づいてしまった。

以前はベッドのまんなかに寝ていたのに、今は半分だけ使って寝ているのだ。犬飼が出ていったあともずっとそうだったことに、いまさら気づくなんてどうかしている。

「なんなんだ……」

らしくなさすぎて、頭の傷がズキズキしてくる。

こんなにも待っていたのか。

こんなにも忘れられなかったのか。

「ほんの短い時間だったじゃないか」

身体を合わせたのだって、たんなる肉欲の解消のため。これまでに関係を持った誰とも、違ったところなんかひとつもない。

あの逞しい身体に興味が湧いた。強烈な牡の匂いにひきつけられるように身体が疼いた。それだけだ。なのに……！

「クゥン」と声がする。伏せていた顔を上げると、ベッド脇にはリッキー。いつものようにちょこんとお座りをして、黒くつぶらな瞳をこちらに向けている。その目があまりにやさしくて、たまらない気持ちにさせられた。

「リッキー？」

いったいどうしたのかと手を伸ばす。怪我をしているのだからケージで休めばいい。そう言いおいてきたはずなのに……。

「疲れただろう？　もう任務は終わったんだから、休んでいいんだぞ」

頭を撫でながら、やさしく声をかける。

大好きだったハンドラーの最期を、リッキーはこの目で見たのだろうか。斃《たお》れたその人と捕らわれた自分を単身助けにきてくれた犬飼に、リッキーは深い信頼を寄せたに違いない。けれど、ペットとして懐こうとはしなかった。たぶん亡くなったハンドラーの最後のコマンドを、ずっとずっと遂行していたのだ。

哀しいな…と思うと同時に、人間と動物の間にもこれほどに強い絆が生まれるのだと感嘆も覚える。人と人の間にだって、難しいと思うのに。

「それとも、あいつのところに戻りたいのか？」

自分についてきてくれたから、主と認めてくれたのかと期待したのだが、違うのだろうか。離れ難いと思っていた自分の気持ちを、賢い獣は汲んでくれたのだろうか。寂しいと、ひとりになりたくないと、そんならしくないことを思っていた自分の気持ちを……。

瞼を伏せた杉原の視界を、何かが遮る。

——……え？

生温かい何かが、瞼に触れた。

驚いて目を見開けば、ベッドに片肢を乗せたリッキーが、杉原の顔をペロペロと舐めている。次いでベッドスプリングが大きく軋んで、焦げ茶色の軀が、半分空いた傍らに滑り込んできた。

「おま…え……」

大きな軀を投げ出して、横たわる。杉原に寄り添うように。

一般的に、上下関係をハッキリと覚えさせるために、犬をベッドに上げてはいけないと言われている。訓練されきっちりと躾けられたリッキーがそれを知らないはずはなく、絶対にこんなことをしないように教え込まれているはずだ。

　ということはつまり、この行動は彼が意図的にしているもの、ということになる。

「慰《なぐさ》めて、くれてるのか？」

　伏せられていた黒い瞳が開いて、中心に杉原を映す。杉原の胸元に鼻先を寄せて、キュウンと甘えた声で鳴いた。

「リッキー……」

　ジワリと、瞼の奥が熱くなった。

　泣いたら終わりだと思っていた。

　認めたら悔しいあれこれを、認めざるを得ない胸の内の感情を、誰彼かまわず吐露《とろ》してしまいそうだったから。

　本心をアルカイックスマイルに隠して、あの場を逃げ出すよりなかった。

　そう自分は、毅然と立ち去ったわけではない。逃げたのだ。

　でも聞いているのがリッキーだけなら、見ているのがリッキーだけなら、もういいかと思ってしまう。

「ああっ、面倒くさいっ」

　それまで抑え込んでいたものを吐き出すように、天井に向かって吐き捨てた。

　恋なんて愛なんて、本当に面倒くさい。

だからもうずっと長く、かかわってこなかったのに。

むずかるように怒鳴って、苛立《いらだ》ち紛《まぎ》れにシーツを叩き、瞼をぎゅっと閉じる。杉原が暴れても、リッキーはおとなしく伏せたまま。だまって体温を分けてくれている。

「いい子だな、リッキー」

頭を撫でると、耳をピクピクさせ、ふさふさの尻尾を、ぱったんぱったんと揺らした。

大きくて温かな軀を抱いて、目を閉じる。

リッキーの体温が、忌々しい男の存在をより強く意識させて、杉原は身じろぐ。疲れきっているはずなのに、なかなか睡魔は訪れない。

その間ずっと杉原の安眠を妨害していたのは、殴られた自分を抱きとめた男の、あの精悍な横顔。銃をかまえる、一般市民の自分に二度と見るチャンスがあるかないかもわからない、強い意志をたたえた横顔だった。

8

犬飼《いぬがい》が杉原《すぎはら》のマンションを訪ねてきたのは、杉原が襲われた夜からしばらく経った、週末のことだった。

事件の事後処理に、ずいぶんと手間取っていたらしい。

そりゃそうだろう。捜査を指揮する立場の人間が暴走した上に、一部の部下には暗黙の了解ではあったものの、一時は生死の確認も取れない行方不明状態。挙句には事件に警察職員がかかわっていて、それを知った鑑識課の人間を闇に葬ったとなれば、警察内部のみならず世間も大騒ぎだ。

事件が報じられているのは、杉原も見た。新聞もテレビも。

だが、山中《やまなか》という老鑑識が殺害されたことと、押収薬物の横流しに警視の肩書きを持つ人間がかかわっていたことは報じられていたが、一頭の忠義な警察犬と出世する気があるのかないのかわからない警視正が暴走した件《くだり》は、どこのテレビ局を見てもどの新聞をくまなく漁っても、報じられてはいなかった。

「警察庁に戻されることになったりして、まぁ、いろいろと忙しかったんだ」

玄関で仁王立ちして、絶対に部屋には入れないと憤懣《ふんまん》やるかたない態度で両足を踏ん張る杉原の前で、仕事帰りらしいスーツ姿の犬飼は、今日まで音信普通だった理由を滔々《とうとう》と述べていた。

こういう口のうまさは、たしかにキャリア向きかもしれない。

「……言いたいことはそれだけか？」

「リッキーは？　怪我の様子はどうだ？」

あのときに治療を担当した獣医には連れていっていない。リッキーのかかりつけ医は《はるなペットクリニック》にするつもりで、連れ帰ったあとの治療はあそこの院長にお任せした。

「もう包帯も取れた」

「そうか」

そこでクルリと踵を返し、リビングを横切った杉原は、ベランダに出て、放置したままだったゴミ袋を引っつかむ。振り返って、上がっていいなんてひと言も言ってないのに勝手に上がり込んできた男を見とめると、

「誰が上がっていいと言った！」

怒鳴り声とともに、ゴミ袋を投げつけた。

「う…わっ、おい、主視《かずみ》！」

「馴れ馴れしく呼ぶな！」

大きなゴミ袋を四つ、投げつけて、それを持って出ていけ！　と怒鳴る。

半透明のゴミ袋のなかみを確認した犬飼は、その端正な口許に、実に腹立たしい余裕の笑みを浮かべた。

「ちゃんと仕分けされてるな。燃えるゴミの日、昨日だったのに、出さなかったのか？　古着の回収は、今朝だったろう？」

「……！」

指摘されて、ぐっと言葉に詰まった。

捨ててやると言いながら、実際には捨てられないでいたことを見抜かれている。たまたまだ、面倒くさかっただけだと怒鳴っても意味はない。男の口許に、さらに腹立たしい笑みが刻まれるだけのことだ。

「これを持って出ていってもいいんだが、そのときはリッキーも連れて帰ることになる」

一番恐れていたセリフを聞いて、杉原はカッと声を荒らげた。

「!?　リッキーは俺が飼う！　ここで暮らすんだ！」

「退役犬の引き取り手続きはすませた。飼い主は私だ。君がリッキーを返さないとなれば、それは窃盗にあたる」

「な……っ」

警察官としてのバカ丁寧な口調が、癇に障ってしかたない。あえてそうしていることがわかるだけに余計だ。

拳を握り、ギリッと奥歯を噛む。

そんな杉原の様子を訝ったのか、犬飼が部屋に上がり込んできたときからずっと、ふたりのやりとりをおとなしく見守っていたリッキーが、杉原の傍らに擦り寄った。

甘えた声で鳴いて、手をペロペロと舐める。

「リッキー」

その、一般家庭で飼われているペットと変わらない仕種に、犬飼が目を瞠った。この短い期間に、リッキーにどんな変化があったのかと、驚いたのだ。

リッキーの傍らに膝をついて広い背を撫でる杉原の前に、犬飼が片膝をつく。そして、賢い獣の頭を撫でつつ、提案を寄越した。

「リッキーと、これからも一緒に暮らせる方法がひとつだけある」

男の目をじっと見返して、それが何を意味する言葉なのか、すぐに理解する。

「……。お断りだ」

深々と眉間に皺を刻んで、不機嫌さ全開の声で返すと、

「まだ何も言ってないだろう?」

苦笑気味に肩を揺らされた。

「言われなくてもわかる」

腰を上げ、リッキーを引き寄せて、ソファに腰を落とす。杉原を追いかけるように同じく腰を上げた犬飼は、ソファの前に立ってひとりと一匹を見下ろした。

「なんでそんなにかたくなに拒む？」

「なんで俺がそんな簡単に受け入れると思えるんだ？」

どちらも譲らず、睨み合う。だが余裕があるのは犬飼のほうで、それがわかっているから杉原は余計に腹立たしかった。

しょうがないなと肩を竦めた犬飼が、リーチの長い腕を伸ばしてくる。二の腕を摑まれた杉原は力任せにソファから引き上げられて、その広い胸に囲われてしまった。

「な……っ、放せ……っ」

久しぶりの体温だった。それにうっかり力が抜けそうになるのを懸命にこらえ、厚い胸板を押し返す。だが力の差は歴然としていて、ぐいっと腰を引き寄せられた次の瞬間には、唇を重ねられていた。

「……っ、んんっ」

ねっとりと絡む熱い舌。口腔を這う丹念な愛撫に、膝から力が抜けていく。

仕立てのいいスーツの生地に縋って皺を寄せ、すべてを委《ゆだ》ねてしまいそうになるのを、懸命にこらえた。

「こういうこと、もう俺とはしたくないのか？」

唇を触れ合わせた状態で、掠れた声で訊かれる。それに対して反射的に返してしまった言葉には、紛うことなき杉原の本心が滲んでいた。

「別に、一緒に暮らさなくてもできる！」

セフレでいいんなら、別に来る者は拒まないと、斜めな態度で返す。もちろんその場合には、警察キャリアである肩書きを、存分に利用させてもらうけれど。

そう突き放すつもりで口にした言葉のはずだったのに、

「やっぱり、一緒に暮らしたいと思ってるんだな」

予想外の方向から言葉を返されて絶句する。

「……！　な…に、を……っ」

カッと、頬に血が昇るのを感じた。自分が赤面しているなんて、考えたくもない。

だが、杉原の焦りも憤りも何処《どこ》吹く風、犬飼はガッシリと身体を拘束して放さない。広い胸にぎゅっと抱き締め、杉原の髪に頬を埋めて、ジワジワと抱き締める腕の力を強めてくる。

「おい、放せっ」

もがいても、無駄だった。

だが、つづいて鼓膜に落ちてきた静かな声に、杉原はピタリと動きを止める。

「被害者がリッキーのハンドラーだった山中さんじゃなかったら、暴走なんてしてない。おとなしく本部のデスクでふんぞり返ってたさ」

「……犬飼？」

息苦しいほどの抱擁のなか、杉原は胸に押しつけられていた顔を上げる。すると、少しだけ拘束が緩んで、杉原の髪に鼻先を埋めていた男も顔を上げた。

その黒い瞳のなかに、哀しみと憤り以外の何ものでもないものを見とってしまって、身動きがままならなくなる。じっと見上げる杉原の白い頬に長い指をそっと滑らせて、犬飼は言葉を継いだ。

「あの人のおかげで、私はここまで来られた。あの人の教えがあったから、今日まで生きてこられたんだ」

かける言葉は見つけられなかった。

一般企業に勤める杉原とはまったく違う重さのものを、犬飼はその肩に背に、抱えているのだと気づく。

「辞職覚悟だったんだが、警察庁に戻ってしばらくの間はおとなしく事務仕事をしろと言われた。——ったく、肩が凝る」

やっと口許に笑みが戻ってきて、その眩しさに杉原はふっと瞼を伏せた。耳に届いたのは、すっかり元の調子を取り戻した男の、不遜な声。

「おまえがどうしてもリッキーを返さないと言うなら、こちらも最終手段に出るしかないな」

「……え？」

「弟に、おまえのしてたこと、バラされたくないだろう？」

「……!?」

思いっきり目を見開いて、言葉もなく犬飼を見つめる。だが脅しともとれる告げられた内容とはうらはらに、その目にはやさしい光が滲んでいた。同時に、牡特有の独占欲と縄張り意識のようなものも。

「バラされたくなかったら、もうやめろ。あんなことは」

脅しているとは思えない静かな口調で言われて、

「おまえにそんなことを言う資格は……」

弱々しいながらも反発心は抑え切れない。ふいっと顔を背けると、大きな手が頬に添えられ、視線を合わされた。

「バイブがわりなんて、優秀なのがひとりいればいいだろう？」

「そんな言い方……っ」

ぎゅっと眉間に皺を刻み、そういう言い方はやめろと睨む。

犬飼が出ていく前、杉原が何を怒っていたか、気づいていないのだろうか。いや、気づいていて言っているのだ。こいつは、そういう男だ。こんな言い方をして、杉原が嚙みつくのを楽しんでいるのだ。

何を言っても男を楽しませるだけだと気づいて無言で睨んでいたら、杉原のかたくなさに白旗を揚げたのか、やれやれと肩を竦められる。そして、そのキツイ視線を緩めろと言うように瞼に羽根のようなキスを落とし、自嘲の滲む声を紡いだ。

「ひとつ気づいたんだ」

「……？」

「恋のはじまりは、明確なものばかりじゃないらしい」

まさしく自分も同じことを思っていた、そのままの言葉を紡がれて、杉原は目を瞠る。

それは、紛うことなき恋のはじまりだった。気づいていなかっただけで、とうの昔に恋ははじまっていたのだ。――いつの間にか。

胸元に添えていた手を肩から首へと滑らせ、逞しい首にしなやかな腕を巻きつけた。

「……そうだな。そうかもしれない」

言葉とともに、顎を上げ、瞼を伏せる。

啄ばむだけのキスが落ちてきて、甘く喉を鳴らした。

背を抱く腕に力がこもる。密着した肌が熱を上げていくのが、布越しにもはっきりと感じられた。

「汗、流してきていいか？」

口づけを深めながら問われて、

「このままでいい」

差し込まれた舌に、カリッと歯を立てる。

ふたりがベッドルームに縺れ込むのを見送って、リビングに残されたリッキーは、ひとつ小さく鼻を鳴らし、自らケージに肢を向けた。


肌にまとわりつく着衣を乱暴に脱がせ合い、全部を脱ぎ落とすのももどかしく、ベッドにダイブする。

じれったい愛撫を施す間も惜しんで、ジェルを塗りたくり、早々に結合の体勢をとった。

昂った欲望同士を擦り合わせ、そこから生まれる厭らしい水音を愉しみながら、貪るような口づけに興じる。

男のネクタイを解き、ワイシャツを逞しい肩から引き剝がすのが新鮮で、そんな他愛もないことに肌が熱を上げていく。目の前にいるのは、無精髭を剃るのも面倒だと笑っていた男とは別人のような、インテリ然とした二枚目だ。それが同一人物であるとわかっているだけに余計、煽られるものがあった。

「どうした？　しおらしいな」

「別に……、んっ、あぁ……っ」

白い喉から零れるのは、ため息のような喘ぎ。

全身に感じる男の体温と筋肉の重さだけで果ててしまいそうで、杉原は濡れた唇を噛んだ。

「つらかったら言えよ」

「そんな初心《うぶ》じゃない」

脚の付け根を嬲られて、蕩けたジェルを塗り込められ、狭間に滾った熱があてがわれる。

早々の結合に、身体が苦しければ素直に言えと言われて、杉原は苦笑した。

そんな杉原に返される、自信を漲らせた男の呟き。

「どうかな。おまえの身体は、それほど開発され尽くしてるわけじゃないと思うぞ」

「な…に、を……ひ……っ、あぁっ！」

ズンッと深い場所まで一気に貫かれて、細い身体が痙攣した。指や玩具が届かないほど深い場所に、生の熱が猛々しく突き刺さる。

「う…ぁ、あぁっ！　――……っ！」

容赦なく抉る動きと、内部でさらに熱を蓄えていく欲望の凶暴さとに、杉原は琥珀《こはく》の瞳を驚愕に見開いた。

「やっ、あ、あぁっ、は…うっ、んんっ」

乱暴にも感じる律動は、杉原を試しているかのようだ。激しすぎるそれに耐えかねて、細い身体をくねらせ、奔放な声を上げてしまう。

かと思えば、一転して気が遠のくほどにじれったく嬲られ、今度は啜り泣くはめに陥った。

「や…っ、ん…ぅ、あぁっ」

張りつめた欲望を硬い腹筋に擦られ、爛れた内部は剛直に抉られて、息が上がり、全身が瘧《おこり》のように震える。内腿の筋肉が痙攣して、ぎゅっと攻める腰を締めつけた。背が撓り、シーツの上で身悶《みもだ》える。

身体の中心をせり上がってくるものに抗えず、白い喉を仰け反らせ、悲鳴にも似た声を上げた。

「――……っ! ひ…ぅ、あぁっ!」

熱い飛沫《ひまつ》が、ふたりの腹を汚す。ズンッと一際深い場所を突いた刀身が内部で震えて、大量の情欲を吐き出した。頭上から、低い呻きが落ちてくる。

「ふ…ぁ、あ……」

熱いものが吐き出され、内部を汚される感触に、杉原は満足げな吐息を零した。

全身は気だるい快感に支配されているというのに、欲望を咥え込んだ場所は熱く、ひどい疼きをたたえている。

身体をくねらせると、繋がった場所から刺激が生まれて、乱れた髪を掻き毟りたい衝動に駆られた。

「主視、顔を見せろ」

前髪に差し込んでいた両手を外され、濡れきった顔を露わにされる。

長い睫には涙が溜まり、眦《まなじり》は赤く染まって、散々貪られた唇はぷっくりと腫れていた。

自分の容貌に自負のある杉原でも、今の自分がどんな表情をしているのか、どれほど厭らしい顔で、どれほど儚《はかな》げな眼差しで、愛《いと》しい男を見上げているのか、まったく自覚はない。

熱い吐息を吐き出すと、繋がった場所がきゅっと震えた。

「も……ダメ、だ……」

悔しいけれど、意識が朦朧とする。

「ジジイばっかり相手にしてるからだ。体力が足りないな」

「どん…な、体力…だ……、んっ」

身体を抱き起こされ、胸と胸を合わせる恰好で、男の腕にスッポリと包まれる。自重で繋がりが深まって、杉原は髪を振り乱した。

「男の本当の快感は、限界を越えた先にあるんだ。音《ね》を上げるのはまだ早い」

埋め込まれたままの犬飼自身が力を取り戻しつつあることをダイレクトに感じ取って、溜まる熱の向け場所を失い、筋肉ののった肩に食らいつく。すると、やわらかな耳朶に歯を立てられて、カクンッと上体から力が抜けた。

そこを狙ったように、下からの突き上げが襲う。

「ひ……っ、う…ぁあっ！」

屈強な腰から送り込まれる激しい突き上げと、細い腰骨を掴んだ手に揺すられる快感。自然と腰をまわす自分に気づいたものの、羞恥《しゅうち》よりもより深い快感を追い求める欲望が勝った。

戯れに胸の突起を弄る指先。

舌に捏ねられ歯を立てられ、爪に引っかかれて、真っ赤になって震えている。吐息にも感じるほど敏感になったそこがジクジクと疼いて、繋がった場所から得られる快感とはまったく種類の違う喜悦が肌をおおった。

双丘を揉まれて、繋がった場所の状態をたしかめるように指を滑らされる。健気に広がって犬飼自身を咥え込む場所を擽られて、内部を擦られるのとは違った刺激に背が震えた。

「いい表情《かお》だな。こんな顔は、本気のセックスでなきゃさせられない」

今全身を襲う深い満足感は、身体のみならず心も繋がった行為だからこそ得られるものだと、甘ったるい口づけとともに告げられて、杉原は生理的な涙をたたえた睫を瞬いた。

眉根を寄せ、情欲に潤んだ瞳を眇めて、満足げに見上げる男の黒い瞳を間近に睨む。

「そんな顔をしてもダメだ。もっと啼きたいなら話は別だがな」

再び背中からシーツに倒され、片足を肩に担がれる。

「や…ぁ、あぁっ！」

ズッズッと深い場所を嬲るような抽挿《ちゅうそう》に、シーツを掴み、声を上げた。

震える欲望を大きな手にあやされ、先ほど放たれたモノに泡立つ内部を擦り立てられて、二度目の放埓を見る。

「は……ぁ……」

もはや喘ぐ声にも力はなく、汗に濡れた肢体はくったりとシーツに沈んだ。

荒い呼吸を整えていたら、ベッドに仰臥《ぎょうが》した男の胸の上に引き上げられ、腰を跨がされる。

狭間に触れるのが、いまだ力を持った欲望であることに気づいて、杉原は呆然と目を見開いた。

「も……無理、だ……って……」

「わかってる。少し休もう。こうしてるだけならいいだろう？」

首筋から顎までを舐め上げられて、肌を震わせ、黒髪をぎゅっと掻き抱いた。

背筋を伝って双丘の狭間に下りた大きな手が、細い腰骨を掴み、力を保ったままの欲望を、蕩けた場所に埋め込もうとする。

「ダメ…だって、言って……、ふ…んっ」

ゆっくり埋め込まれたそれは、充分な潤いを保った後孔に難なく納まってしまった。

「あ……ぁ……」

細い背が震える。

少し休もうと言った言葉通り、根元まで納められたそれは、ただその場所で存在を主張しているだけで、淫らな動きをみせようとはしない。

だがそれこそが、攻め立てる男の目論見《もくろみ》だった。疼きがひどくて、とてもじっとなどしていられないのだ。

間近で悪戯な光をたたえる瞳を睨んでも、してやったりと微笑む唇に噛みついてやっても、もはやどうしようもない。

「く…そ……リッキーを見習…えっ」

待て《wait》と言われたら、リッキーはいつまでも待っているのに。

「俺は犬じゃない。リッキーと同列に並べるつもりなら、覚悟しておけよ」

呆れるようなことを平然と言い放って、男は満足げに目を細める。

「バ…カッ」

呆れ果てて、それ以外に罵《ののし》る言葉も思いつかず、杉原は先ほど自分がつけた噛み痕の残る屈強な肩に、額を擦り寄せた。

男の汗の匂いが鼻腔を満たす。

猛々しい、牡の匂いだ。杉原が、ずいぶん長く忘れ去っていた、本当の意味での肉欲の存在を知らしめる。

「主視」

「……ん?」

「引き取りたいのはリッキーだけか?」

先の喧嘩腰のやりとりを蒸し返されて、ただでさえ情欲に染まっていた肌が一気に赤くなる。耳たぶまで熱いことに気づいて、顔が上げられなくなった。

「困ったことになってる」

「ん？」

「ベッドのまんなかで寝られない」

どうしても、半分を空けてしまう。

遠まわしの返答に、犬飼は嬉しそうに喉を鳴らした。

「犬みたいな反応するなよ」

「リッキーが伝染《うつ》ったかな」

おまえがリッキーばかり可愛がるからだと、やはりロクでもない屁《へ》理屈を捏ねる。クツクツと肩を揺らして笑われたら、繋がった場所から痺れが生まれて、杉原は悩ましい息をついた。

汗に濡れた髪を大きな手に梳かれて、うっとりと瞼を伏せる。それに返すように杉原も艶めく黒髪に白い指を滑らせた。

「もうそろそろいいか？」

つづきがしたいと訴えられて、

「まだ、ダメだ。もう少し――」

もう少しこのまま。甘ったるい時間を堪能したい。

ひどい疼きを訴える肉体以上に、胸の奥を満たしたい。

埋め込まれた犬飼自身がどんな状態になっているのか、その身体で感じ取っていながら、杉原は素気《すげ》なく突き放す。

あまり焦らすと暴走しそうで怖いけれど、でももう少しだけ。

「あんまりがんばりすぎると、また起き上がれなくなるぞ」

最初の夜のあと、怪我が完治していないのにがんばりすぎて悪化させたことを揶揄ってやると、精悍な眉が困ったように歪められた。

「そういう可愛くないことを言うと――」

「……え？　はぅ…ぁっ、あぁ…んっ！」

臀部《でんぶ》を摑まれ揺すられて、甘ったるい声を上げてしまう。

「――朝までこのままだ」

恐ろしいことをサラリと言われて、唖然と男を見下ろした。

「体力バカめっ」

「なんとでも」

警察官僚など、体力がなければやってられんと返される。

しばし見つめ合って、ふふっと笑いを零し、どちらからともなく口づけた。

じゃれ合うふたりの声とか、悩ましいベッドの軋み音とか、そんなものがリビングに漏れ聞こえるどころか思いっきり届いていて、一晩中安眠を妨害されつづけたリッキーは、少し大きな音がするたびに耳をピクリ、鼻をヒクヒク。だが、途中で疲れて耳を伏せ、尻尾を巻き込んで顔を埋めた。

そんな愛犬の気苦労など知らぬ飼い主たちは、飽きるまで情熱を貪る行為に没頭して、目覚めたのは昇りきった太陽が傾きはじめたころのこと。

腹を空かせたリッキーに、顔中を舐められ、ベッドの上掛けをズルズルと引き剝がされてからのことだった。

弟の事情

これほどブラコンだとは思わなかった。

ムスッと口を歪めソファで頬杖をつく恋人の横顔を眺めて、未咲《みさき》はひっそりとため息をつく。

つい最近、長年の想いを通じ合わせたばかりの恋人は、高校時代の同級生で国嶋《くにしま》一獅《かずし》という。《KMコンストラクション》という開発業社の社長職にある男だ。

国嶋には腹違いのお兄さんがいて、秘書室長として彼の仕事を支えている。

少々腹雑な家庭環境ゆえか、実の兄を名前で呼んだり、ちょっといきすぎなんじゃないかと思うほど兄が弟を気にかけていたり、さすがに首を傾げたくなる場面がこれまでにもちょくちょくあったことはあったが、自分の姉も自分には相当甘いし、そんなものかと思っていた。

けれど……。

今日、警察に呼ばれた。

国嶋の兄が襲われたと連絡が入ったのだ。

その経緯については、刑事から簡単な説明を受けたものの、どうやら国嶋には事件そのもの以外のところが気になっている様子。

刑事を殴った兄の心情と、その刑事との関係。

自分と付き合っているのだから、相手が同性であることをとやかく言う気はないのだろうが、よほど気に食わなかったのか、警察署から戻ってきてからずっと口を噤んだまま。彼のために未咲が淹れた紅茶も、もう冷めてしまっている。

ソファに並んで座っているのに、ふたりの間には人ひとりぶんの距離。

シャワーも浴びてパジャマに着替えてしまった未咲は、もうすることがない。恋人とすごすつもりでいた週末だから、仕事も片付けてしまっているし家事も完璧。もはや膝にのせた愛猫の喉を撫でるくらいだ。

ゴロゴロとご機嫌のいい愛猫のライは、巨体を未咲の膝の上に投げ出し、お肉に埋もれそうな目を細めている。

チラリと国嶋の横顔をうかがい、ため息をついた未咲は、すっくと腰を上げた。

国嶋の前を横切るときに、ライの巨体を彼の膝にどっかりと下ろして、そのまま寝室に向かってしまう。

「ぶみ」

愛猫が、細めていた目をくりっと見開いた。

ライを落とされた衝撃でやっと我に返った国嶋は、リビングを出ていこうとする未咲の背に気づいて、ライをソファに下ろし、慌てた様子で腰を上げる。

「未咲」

「先に寝るから」

その拗ねた声で、未咲が何を怒っているのか気づいたらしい。国嶋は眉間に刻んだ皺を深めつつも、未咲の身体に腕をまわした。

「放してよ」

「すまん」

バカ正直に詫びられてしまえば、それ以上何も言えなくなる。

しかも、大きな身体で縋るように体重をあずけられてしまって、未咲はよろけつつも広い背に腕をまわした。

「一獅？」

お兄さんに恋人ができたことが、そんなにショックだったのだろうか。

この兄弟、少々ゆきすぎだと感じることはままあるが、もしかして初恋の相手は兄だとか言わないよね？

だが、国嶋がボソリと零した言葉は少々毛色の違うもので、未咲は首を傾げる。

「主視《かずみ》のやつ、仕事のために……」

言いかけて口を噤み、「なんでもない」と話を切ってしまった。

そういえば、帰り際、お兄さんが殴りつけていた刑事に呼びとめられて、何やら言葉を交わしていたけれど、そのときに何かあったのだろうか。傍にいた未咲が聞いた限りでは、特別落ち込むような内容には聞こえなかったのだが。

──『あんた、あいつの全部知ってて……』

──『何もかも全部、知っているよ。けれど、今後はやめさせる。かまわないかな？』

──『……っ、それは……。……あんたになら、やめさせられるのか？』

──『やめさせる。彼がなんと言おうともね』

──『出世に響くだろ？　そっちの問題は？　本当にいいのか？　途中でダメになるくらいなら──』

──『その程度の理由で捨てられる感情ならよかったと、私も思うよ』

その言葉のあと、国嶋は口を噤んでしまった。

そして、長身の刑事に一礼をして、未咲の手を引き、帰ってきてしまったのだ。

どうしよう。この大きな子ども。

脱力感は否めないものの、それでも縋りついてくる体温が愛しいのも事実で、未咲はひとつ深い息をついた。

いったい何を拗ねているのか。それとも怒っているのだろうか。

感情表現が決して豊かとはいえない国嶋の考えていることは、実にわかりにくくて困る。

それでも、国嶋が何かにひどく落ち込んでいることだけはわかった。

だから、その気持ちが少しでも上向くのなら、自分はそれでかまわない。そのために自分を利用してくれたって……。

「あの……話したかったら話して。聞くくらいならできると思う。難しいこと、よくわからなくてごめん」

「未咲……」

大きな背を撫でながら、言葉を探すと、国嶋はやっと顔を上げて、その目に未咲を映してくれた。

「いや、いいんだ。俺の仕事だ。ちゃんと自分で決着をつける」

そう言って、くしゃりと前髪を掻き上げる。その様子を見て、未咲はまたもや首を傾げた。

仕事がらみのことで悩んでいたのか？

「お兄さんに恋人ができたことがショックなんじゃなかったんだ？」

「……？」

「あ、あれ？　違ったの？」

未咲の戸惑った顔をしばし眺めて、国嶋は口許を緩める。「まぁ、それもあるけど……」と呟いたあと、しがみついていた腕を緩め、かわりに未咲の身体を広い胸に抱き込んだ。

「特定の相手ができたんならいいんだ。そのほうが……」

言い淀んで、やっぱり何かを考え込む。

けれどすぐに吹っ切れた様子で、未咲の頬を撫で、額にキスを落としてきた。

恋人の気持ちが浮上したのを感じ取って、未咲も頬を緩める。

だが、発言にはもっともっと気を遣うべきだった。兄に恋人ができたことにショックを受けているわけではないというから、別にいいかと思ってしまったのだ。

「あの刑事さん……参事官っていうんだっけ？　カッコよかったもんね。お兄さんとすごくお似合い……一獅？」

急激に室内の温度が下がった気がして、未咲はおや？　と首を巡らせる。

つづいて、ボスッとソファに押し倒されて、今度は目をパチクリさせた。その衝撃に驚いたライが、「ぶみゃっ」と不機嫌そうな声を上げて飛び降り、向かいのソファに移動する。

視線を上げると、恋人の滑らかな眉間にくっきりと皺が刻まれていた。

――あれ？　なんか、さっきとは別方向で不機嫌になっちゃったような……。

「か、一獅？　あの……」

「ああいうのがいいのか？」

「は？」

「主視といい、趣味悪いな」

「へ？」

どんな感情に裏打ちされてのものか、実にわかりやすい発言だった。

特定の相手ができたなら、それは喜ばしいことだと、さっき言ってなかったか？

唖然としたのち、ぐったりと脱力してしまう。

——やっぱり妬《や》いてるんじゃないかっ。

口では別に…と言いながら、やはり兄に恋人ができた事実を受け入れかねている。一般的な価値観で見て「いい男」であったとしても、ブラコンも極まった弟の立場では「趣味悪い」ということになるのだろう。

ムスッと吐き捨てた国嶋の拗ねた表情を下からうかがいつつ、未咲は身体の力を抜き、ソファに背を沈ませる。

——もうっ。

しょうがないなと嘆息して、差し伸べた白い手で男の頬を包み、首を上げてチュッと可愛らしく口づけた。

「一獅のほうがカッコイイよ」

頬を朱に染めふるりと睫を揺らして、襲いくる羞恥を懸命にこらえつつ、恋人のご機嫌を浮上させるべくリップサービスを口にする。それは、まったく心にもない言葉というわけではないものの、かといってあえて口に出して言う必要もないと思っていたセリフだった。

が、効果は覿面《てきめん》だった。

見る見る機嫌を浮上させた国嶋は、満足げな笑みを口許に刻み、情熱的なキスを降らせてくる。瞼に頬に唇に、余すところなく甘ったるいキスを落とされて、その淡い感触に肌を震わせた未咲は、トロンと瞼を落とした。その耳に届く、艶めいた誘いの言葉。

「ここでいいか？」

気の早い唇が首筋を這いはじめるのを感じて、未咲はクスッと笑う。胸の上の黒髪を咎めるように引っ張って、少し拗ねた声をつくった。

「……ベッドがいい」

きゅっと首に腕を巻きつけると、ふわりと身体が浮く。ツムジにキスを受け取って、未咲は国嶋の首筋に頬を擦り寄せた。

リッキーの朝はいろいろ大変

リッキーの朝は、ご主人さまとその恋人を起こすところからはじまる。

以前は、リッキーに朝一番の仕事などなかったのだが、最近になって、放っておくといつまでも餌にありつけない事態が多発するようになり、しかたなく自らその役目を買って出ることにしたのだ。

鍵のかかっていないケージの扉を鼻先で器用に開け、リビングルームとつづきのベッドルームの様子をうかがうと、ベッドの上にこんもりと山ができている。

その山は、静かに上下している日もあれば、なぜか朝から活火山状態のときもある。リッキーがなかなか餌にありつけないのは、活火山になっている日だ。

今日はどうだろうか。

お腹が空いたな…などと考えながらそっとドアを開ける。

すると、人間の何倍もの聴力を誇るリッキーの耳を、ベッドの軋む決して心地好いとはいえない音とご主人さまの恋人のものと思われる悲鳴とが、突如つんざいた。

活火山だ…と、リッキーは尻尾を落とす。

これで今日はたぶん、お昼までご飯にありつけない。

「や…ぁ、あぁ…っ！　い…い、ん――…っ」

人間は夜寝るときにパジャマというものを着るのだと、大好きだった以前のご主人さまは教えてくれたのに、活火山になっているとき、今のご主人さまはなぜか裸だ。

大きく太腿を開いた恋人の痩身を組み敷いて、ご主人さまがその脚の狭間をグイグイグチャグチャと突いている。

そのたび下になった白い身体が跳ねて、「いい……！」とか、「もっと……！」とか、甲高い声が上がるのだ。

額に汗を浮かべたご主人さまは、眉間に皺を刻みながらも、それはそれは愉しそう。「ここだろう？」とか「こっちのほうがいいのか？」とか、なんだか犯罪者みたいなねっとりとした口調で、下になった恋人にあれこれ言っている。

そのたび広い背中に白い指先が食い込んで、赤い引っ掻き傷が一本また一本と増えるのが、リッキーはいささか気にかかるのだが、ご主人さまは気にしていないようだし、あとから傷をつけた張本人であるところの恋人に手当てをしてもらっている姿を見かけるから、どうやら放っておいていいみたいだ。

「は…ぁ、んんっ！　犬《いぬ》…飼《がい》っ、も……」

「まだだ。ひとりでいくなよ」

「ひ……っ、あっ、あ——…っ」

ご主人さまの大きな手が、ふたりの腰が密着したあたりを探って、何かをしたらしい。恋人の細い背が仰け反って、悲鳴が上がった。

大丈夫かなあとリッキーは度々心配になるのだが、嫌がっているようでもないし、「いい……」という声も聞こえるから、黙って見ているよりない。

別に見たくて見ているわけではない。夜に似たようなことが起きているときには、リッキーはさっさとケージに戻って寝てしまう。うるさいときは耳を伏せて、尻尾をまいたなかに鼻先を突っ込んで、聞こえないふりだ。

でも、朝は別。

だって、これが終わらないと、ご飯がもらえない。

本当は、今すぐにでもふたりの間に割って入りたい。リッキーだってご主人さまに朝のあいさつをしたいし、ご主人さまと同じくらい大好きな恋人には、その白い手で首のあたりをわしゃわしゃと撫でてもらいたい。

けれど、終わったタイミングで声をかけないとふたりは気づいてくれないから意味がない。

だから、こうしてベッドルームの入り口で、じっとタイミングをうかがっているよりないのだ。

「放…っ、犬飼っ、も…いか、せ……」

「ダメだ」

「あぁ……っ」

恋人の振り乱れる髪を、ご主人さまが目を細めて梳いている。耳朶に唇を寄せて、そこに舌先を這わせながら低く囁く。

「名前で呼べよ。――主視《かずみ》？」

「……っ、敬《たか》……篤《あつ》、はや……く……、も……っと、ひ……っ！　あぁ……っ！」

細い腰がシーツから浮いて、ご主人さまの腰がグンッと密着する。それからふたりはベッドの上で激しく撥ねて、ややあって恋人の白い喉が仰け反った。

「――――……！」

「……くっ」

繋がった腰がぶるりと震えて、シーツの上の細い身体が痙攣したようにのたうつ。それをご主人さまの力強い腕が抑え込んで、それからふたりは、ゆっくりと唇を合わせた。

「主視……」

「……ん、敬篤……」

白い腕がご主人さまの首にまきついて、活火山がおさまりはじめる。

でもリッキーは、ここですぐにベッドに乗り上げるなんて無粋な真似はしない。

ふたりは見つめ合って、どっぷりとトリップ中だから、それが一段落つくまで、お腹の虫と戦いながら待つのだ。

だが、絶対に逃してはならないタイミングがある。

それは、せっかくおさまった活火山が、再び活動をはじめる予兆を感じ取ったときだ。

ここだけは、躊躇ってはいけない。このタイミングを逃したら、次はいつご飯の催促ができるかわからなくなってしまう。

「んん……っ、擽ったいって」

「今日は休みだ。ずっとこのままでいいだろう？」

「昨夜も散々したくせに」

「明るいなかでヤるのが、また一興なんじゃないか」

「エリートって人種には、本当にヘンタイが多いな」

「その言葉はそっくりそのまま返させてもらう。——主視」

「ああ……」

ここだ！　ここを逃してはならない！

「ワン！」

リッキー渾身《こんしん》の一吠えに、ベッドの上のふたりがビクリと固まる。その体の間に、鼻先を突っ込んだ。

「リ、リッキー！」

情事を盗み見されて焦るふたりの都合など、リッキーにはどうでもいいことなのだ。目的はご飯、それだけ。

「ワフッ！」

今一度吠えて、ベッドに前肢をのせ、ふたりの頬を交互にペロリペロリ。

するとふたりは、しばし唖然と見つめ合ったあとクスッと笑って、それからリッキーをぎゅうっと抱き締めてくれた。

日常のなかの非日常

夜、ベッドに入ってようやくウトウトしはじめたところで、玄関ドアの開く音に、意識が浮上する。

けれど、誰の訪問かはわかっているから、杉原《すぎはら》はベッドを出なかった。

リビングから「クゥン」と大型犬の甘える鳴き声。それに返す、「ただいま」と潜めた声がかすかに届く。

リビングを数度行き交う足音、それからベッドルームのドアがそっと開く。

官僚が多忙なのは知っていたが、噂に聞くのと直接目にするのとではやはり違う。ほぼ毎日午前様で、夜中に緊急の電話が鳴ることも頻繁、週末も祝日も関係なし。

今日もまた午前様で帰宅した同居人は、リビングのケージで眠る愛犬に声をかけ、それから先に休んでいる杉原の待つベッドルームに足を向けた、というわけだ。

ベッドが軋《きし》んで、フレグランスがふわり…と香る。すでに馴染んで久しい香りだ。

警察官僚にあるまじき洒落者の恋人は、常にオーダーもののスリーピースを身につけ、タイやカフスにも気を遣い、香りのお洒落にも手を抜かない。

それで、頭でっかちの権威主義者だったりしたら目も当てられないが、官僚として優秀なのはもちろん、警察官としても有能で、警視庁出向時には数々の難事件を解決に導いたと聞いている。

杉原と出会った事件で無茶をしたために、今は警察庁に戻されて内勤に就いているが、責任というわりに処分らしい処分でもなかったのは、一重に男が優秀だからだ。いずれは警察組織のトップに立つことになるだろう、現状で何人かいるはずの候補のなかのひとりといったところか。

そんな男が、自宅ではなく杉原の部屋に帰ってくるようになってしばらく。

ようやく生活パターンが定着しはじめた。——が、すれ違い夫婦とはまさしく、会話がないどころかろくに顔も見られないのでは一緒に暮らしている意味がない。

まだシャンプーの湿り気を残した杉原の髪を撫で、額に唇を落としてくる。

脱いだジャケットはリビングのソファに放られたままだろう。ネクタイのノットに荒っぽく指を差し込みながら、足を組んで眠る杉原を見下ろしている。

目をつぶっていても恋人の姿が目に浮かぶようで、杉原はしょうがないな…と胸中で長嘆した。そして、屈めた上体を起こそうとする男に手を伸ばす。

「起こしたか？」

すまん…と、微苦笑を孕《はら》んだ声。パジャマに包まれた痩身《そうしん》にまわされる逞しい腕の感触が、杉原に安堵を呼び起こす。

「詫びなくていいから」

キスを…と、首を引き寄せると、甘ったるい口づけが落ちてくる。

誘うように身を寄せれば、口づけが深められ、パジャマの下に大きな手が差し込まれた。まさぐる動きに、しばらく抱き合っていない肌が戦慄《わなな》く。

「反応が早いな」

クスリ…と耳朶に笑みを落とされて、杉原は不服の意で軽く唇に噛みついた。

「何日ぶりだと思ってるんだ」

こんなに放っておいて！　と間近に睨《にら》み据える。

「それほど欲求不満にさせたつもりはなかったんだが」

降参の意で目を細めながら、犬飼《いぬがい》は杉原のパジャマをはだけ、自身のワイシャツも脱ぎ捨てた。

「あ……ぁっ」

うっとりと艶めいた吐息が喉を震わせる。

以前は、ただ快楽を得るためのものでしかなかった行為が、犬飼と暮らしはじめて別の意味を持ちはじめた。

互いの存在をたしかめ合い、温もりを感じて、快楽とは違う充足感を得る。

ただ抱き合うだけで満足して眠れるなんて、杉原は犬飼とこういう関係になるまで経験のないことだった。

だから、疲れているときには、ぎゅっと抱きしめられるだけで満足して、スッと寝に落ちてしまうことも多いのだけれど、でも今日は逆に目が冴《さ》えてくる。

挑み返すように自らも口腔《こうこう》を貪って、広い背を掻《か》き抱き、太腿を悩ましくすり寄せる。

狭間を探る長い指に刺激されて、秘孔が戦慄く。

奥へと誘う動きを見せる内壁を摩《さす》られて、杉原はもう耐えられないと男の欲望に手を伸ばした。

熱く滾《たぎ》った欲望に悩ましく指を絡めて扱き、早くしろと己の後孔へとあてがう。熱い切先が狭間を擦《こす》って、それだけで果ててしまいそうだ。

「早……く……っ」

淫らにねだる唇を、深く合わせるキスに塞《ふさ》がれる。性急に、剛直が埋め込まれた。

「ふ……んんっ！　あぁ……っ！」

一気に最奥まで貫かれて、杉原はしなやかな背を仰け反らせ、甘い声を迸《ほとばし》らせた。

力強い律動が、求めてやまなかった歓喜の頂に痩身を追い上げる。広い背に爪を立て、もっと深くと下肢を絡めて、杉原は与えられる情欲を貪った。

「ひ……っ！　あ……ぁっ、――……っ！」

数度の痙攣ののち、犬飼の腹筋に擦られていた欲望が弾け、白濁を吐き出す。同時に、杉原の奥深くで犬飼自身が弾けて、熱い飛沫《ひまつ》が叩きつけられた。

「ふ……ぁっ、……っ」

余韻に震える肢体を、ぎゅうっと抱きしめられる。宥《なだ》めるようなキスが、次への熱を煽りたてる。

「ん……もっと……」

身体を入れかえ、犬飼の腰にまたがって、杉原はゆるりと腰を揺らした。

「いい眺めだ」

目を細めて痴態を観察する男が、下から力強く突き上げてくる。

「ひ……ぁぅ！」

容易にはおさまらない熱を分け合って、ふたりは時間を忘れて抱き合った。

半ば意識を飛ばした状態で広い胸に倒れ込み、そのまま睡魔に囚われる。これ以上ない充足感のなか、杉原は久しぶりに深い眠りを得た。

翌朝、杉原が目覚めたときには、犬飼はすでにリビングでコーヒーを片手に新聞を広げていた。

その足元に寝そべる忠犬が、杉原に気づいて顔を上げる。

「ワフ」

おはようとあいさつをするかに鳴いて、ふさふさの長い尾を揺らした。

警察犬として訓練され、第一線で活躍していたリッキーだが、正式に退役して犬飼に引き取られたあと、ようやくペットらしい一面を見せるようになってきた。リッキーにとっての飼い主は犬飼だが、杉原にも同様に忠義さを見せてくれる。

「おはよう」

杉原に気づいた犬飼が、新聞の向こうから顔を上げる。

「おはよう」

ガウン一枚の姿で傍らに立って、軽いキスをひとつ。すかさず犬飼が腰に手を伸ばしてくるのを軽く払って、足元に片膝をつく。そうすると、リッキーの顔が丁度正面の位置になるのだ。しゃんっと軀を起こしたリッキーの毛並みを満足のいくまで撫でて、それからようやく杉原は犬飼の腕に捕らわれた。

膝に横抱きにされて、今一度おはようのキス。

昨夜たっぷりと愛された身体はけだるさを残し、正直なにをするのも億劫だ。ただでさえ朝が苦手な杉原は、ベッドから出てはきたものの、いまだ思考回路が復活しきっていない。

新聞を畳んだ犬飼が、こんなときくらいしか素直な杉原にはお目にかかれないとばかりに、ここぞとばかり好き勝手に甘やかしはじめる。

ベッドのなかでも挑発的な態度を崩そうとしない杉原は、どんな場面においても犬飼に主導権を握られるのをよしとしない。

家主は自分であって、ひとりと一匹は居候だという態度も崩さない。

それは、素直になりきれない大人ゆえのポーズであり、また愛情の裏返しでもあるのだが、そんな杉原を思う存分好き勝手したいと思うのもまた、男の独占欲であり征服欲であり、その奥に垣間見える嗜虐性《しぎやく》でもある。

「主視《かずみ》？　……まだ起きてないな」

犬飼の声は鼓膜に届いているのだが、思考回路が完全に停滞している。リビングから物音が届いて目を覚まし、いつもの習慣でリッキーを撫でまわしたまではよかったが、昨夜の無茶もあって、一度は覚醒に向かったはずの睡魔がまた襲ってくる。

今日は……と考えて、休みだと思い至る。

安堵に駆られた途端に、杉原は再び眠りの淵に取り込まれていた。


朝のあいさつを交わしたにもかかわらず、腕のなかで安心しきった顔で眠りに落ちた杉原を抱いて、犬飼はしばし唖然《あぜん》としたのち、小さな笑みを零した。

「クゥン」

どうかしたのかと、リッキーが問いたげに鼻を鳴らす。遊んでくれと言うように、長い鼻先を犬飼の膝にのせた。

以前はこんな仕種など見せたことがなかった。いい変化だと、リッキーに家庭犬の幸せを与えてくれた腕のなかの愛しい存在に、今一度視線を落とす。

「散歩はもう少し待ってくれ」

杉原が起きたら三人で行こうと言うと、リッキーはふわりっと尾をひとふりして、そして犬飼の足元に軀を伏せた。


なんだかんだといって、同棲生活は文句もなく幸せに違いなかったのだが、とうの杉原はというと、どことなく物足りなさを感じはじめていた。

多忙を極める恋人があまり家にいないとか、その結果としてセックスの回数が減っているとか、そういう意味での物足りなさではなく、なんとなくドキドキ感が足りないというか、日常にスパイスが足りないというか、そんな漠然とした物足りなさだ。

杉原がもやもやとした欲求不満を抱えているときに、吐け口となるのが誰かといえば、腹違いの弟以外にない。

可愛らしい恋人との仲を兄に邪魔されまいと、就業中は懸命に仕事に没頭している健気な弟に、杉原は容赦なく仕事を上積みする。

若社長と侮られることは減ってきたものの、まだまだ経験不足は否めない。いまは馬車馬のように働いて経験値を積み、取締役会の古狸たちに文句を言わせないだけの実績を積みつづけなくてはならない時期なのだ。

とはいえ、ものごとには限度というものがある。

「……おい」

いくらなんでも、これは無理だと渋い顔を上げる弟の口を、「何か問題でも？」と、鬼の笑みで黙らせ、取りつく島もなく背を向ける。閉まるドアの向こうで弟が低いうなり声を上げるのが聞こえたが無視した。

週に何度か、フラワーショップを営む恋人と社長室でいちゃいちゃするのを見逃してやっているのだから、その分の埋め合わせはしてもらわなくては困る。

おかげで社内のあちこちに瑞々《みずみず》しい花が飾られ、ギスギスしがちな社員の心が癒されているのは間違いないが、そのぶん経費が出ているのだから、その補填は社長自らがすべきだろう。

などと、厳しいことを考える一方で、次の休みはなんとしてでも確保してやらなければ…と弟に甘い兄としての一面も垣間見せる。

日々に忙殺されながら、以前は充分な刺激を感じていたはずなのに……と、ふとした瞬間に疑問が過る。この物足りなさはなんだろう……と。

その答えが出ないままに、ひとりと一匹の居候……いや、同居人とともに、平和に幸福に日常はすぎていくのだ。

リッキーの散歩が深夜近い時間になることは、ままある。飼い主がふたりとも多忙なため、早朝か深夜にしかその時間が捻出できないのだ。

早朝の散歩もいいが、杉原が朝に弱いため、必然的に夜の散歩の回数が増える。

とくに、犬飼の帰宅時間がはっきりしない夜などは、リッキーとの散歩に長めの時間を割く。

この日も、帰宅後に夕食を兼ねて散歩に出て、公園までの道を辿る途中、夜遅い時間まで営業しているカフェのテラス席で夕食をとり、それから犬を放すことが許可されているスペースのある公園へ足を向けた。

カフェでは犬用の餌と水もオーダーすることもできる上、この店のフードメニューは味もよくて最近の杉原のお気に入りだ。

何より、カフェに集う客に賢いリッキーを自慢できるのが楽しくてしかたない。飼い主馬鹿と言われても、杉原はリッキー以上に賢い犬に出会ったことがないと言いきれる。

大型犬はいい。煩《うるさ》く吠えることもないし、何より気質がやさしい。軍用犬にも使われるジャーマン・シェパードだが、訓練によって人間との信頼関係をしっかりと結んでいるリッキーは本当に温厚で、しかも忠義だ。

持参したエコバッグのなかには、フリスビーやボールなど、リッキーの遊び道具が詰まっている。

広場まできてリードを外し、お気に入りのフリスビーを取り出すと、リッキーは「ワン！」と吠えて、嬉しそうに尻尾を振った。早く早くとねだるように、つぶらな黒い目が輝く。

「そら！」

フリスビーを投げてやると、一目散に駆けて行って、空中でキャッチ。フリスビー犬顔負けのアクロバティックな技を披露してみせる。

「うまいぞ！」

褒めてくれと言わんばかりに駆け戻ってきたリッキーを目いっぱい撫でてやって、次はさらに遠くを狙って投げる。リッキーは抜群の動きでそれを追いかけ、またも難なくキャッチした。

そんなことを数度繰り返すと、犬より先に人間のほうがバテてくる。

なにせ、リッキーと暮らしはじめるまで運動とは無縁の生活を送っていた、こちらは一介《いっかい》のサラリーマンだ。万年運動不足なのは承知で、無理が利くわけもない。

大型犬の運動能力は人間の比ではない。

「ワフッ！」

もっと遊んでくれと、リッキーが杉原の足元にお座りして見上げてくる。一方の杉原は、「ちょっと休ませてくれ」と、ベンチにへたり込んだ。

「クゥン」

「わかってるよ。ひと休みしたら、また遊んでやるから」

こういうときは、犬飼の体力が恨めしい。

キャリアとして入庁していながら、現場勤務に耐えうるだけの肉体を有している犬飼なら、リッキーが満足するまで遊んでやることが可能だ。

ペットボトルのミネラルウォーターで喉を潤《うるお》して、リッキーにも水をやる。

長い鼻先を杉原の膝にのせて、リッキーは甘えるように鼻を鳴らす。そのおねだりに根負けして、杉原は重い腰を上げた。

「よし、じゃあ、次はボールだ」

「ワン！」

杉原がボールを投げる。それを追いかけたリッキーは、獲物を狩るように飛びついて、そしてボールでひとり遊びをはじめた。

これでしばらくはひとりで遊んでいるだろう。

「犬の体力についていくのは大変だ……」

零れるのは幸福な苦笑だ。

リッキーが、それまで知らなかった幸福と充足感を与えてくれる。ここに犬飼がいれば完璧なのだが、責任のある仕事を持つ大人同士、時間が合わないのはしかたない。

そのとき、ふいにボール遊びをやめたリッキーが、おもむろに高く吠えた。そして、周囲に警戒を巡らせるように耳を動かし、ややして一点を見据える。

「リッキー……？」

これは、いつだったか犬飼と一緒のときに、闇に向けていた警戒の表情では……？

「どうしたんだ？　何が……」

杉原にもリッキーの緊張が伝わって、血流が速まる。

「リッキー、どうした？　なにか見つけたのか？」

杉原が首を撫でてやっても、リッキーは公園の植え込みの向こうを見据えて、低く唸《うな》るばかり。

公園には街灯があるものの、ライトの明かりが届かない場所はほぼ暗闇だ。

何があるのかと目を凝らす杉原の視線の先に、ひとつの人影が現れた。

遊歩道を足早に歩く、たぶん中年男性と思しきシルエット。背は高くない。なにをそんなに急ぐのか、足早に、背後を気にしながら歩いている。

リッキーの視線は、その男を追っていた。

「あいつが気になるのか?」

尋ねると、リッキーは頷くかわりに杉原を見上げた。

「よし、わかった」

リッキーにリードをつけ、散歩を装って、その男のあとをつけることにする。

携帯端末を取り出し、犬飼を呼び出した。いつもなら絶対にしないことだ。会議なのか接待なのか、抜けだせない仕事に追われているだろう警察官僚の手を煩わせることはできない。

だが今は緊急事態だ。リッキーが、そう言っている。

『主視? どうしたんだ?』

「今、何か事件おきてるか?」

『なんだって? 何を言って——』

「リッキーが、ひとりの男を尾行してる。場所はメールで送る。調べてくれ」

『お、おいっ、待——』

犬飼がとめるのも聞かず通話を切り、位置情報を駆使して現在地を犬飼に送る。

リッキーの写真を撮るふりをして男の後ろ姿を撮影し——ほぼ真っ暗で役には立たないだろうが一応念のため——これも犬飼に送信して、携帯端末をマナーモードにし、前を行く男の後ろ姿に集中した。

警視正《けいしせい》の肩書を持つ犬飼なら、都内で起きている事件について、大抵の情報が即時に収集可能だろう。すぐに情報が届くはずだ。

小柄な中年男は、背後や周囲を気にしながら歩いている。何者かに追われているように見える。

さらに気になるのは、右手がずっとジャケットの内側——心臓の側に差し込まれて隠されていることだ。

怪我をしているような足取りには見えない。だとすると、凶器でも隠し持っているのだろうか。

まるでドラマのなかの刑事か探偵にでもなった気分で、杉原はリッキーのリードを引いて男を追った。

公園を出て、路地を辿り、大通りに出る。信号を渡って、また路地を行って……。

男が角を曲がる。

見失ってしまう！　と駆け出そうとして、ふいに背後に立った気配に口を塞がれた。

「——……っ！」

叫ぼうとしたら、「静かに」と知った声が短くそれを制する。抱き込まれた広い胸の感触には、覚えがありすぎた。

そのときだ。

リッキーが追いかけていた男が消えた曲がり角の向こうに、唐突な光。まるで昼間のようにも見えるほどの光量が射して、さらにはサイレンの音が複数。そして、男たちの怒号が飛び交いはじめる。

「――ったく、なにをしてるのかと思えば……」

耳元に落とされる疲れた声。

「犬飼？　何が――」

問おうとしたら、いきなり耳元で怒鳴られた。

「バカ野郎！　相手はドスを持った殺人未遂犯だぞ！　何を考えてるんだ！」

理由も聞かずに怒鳴られては、杉原も素直にはなれない。

「リッキーが見つけたんだ！　絶対に何かあるって思うだろうが！」

「なんのための一一〇番だ！　おまえは民間人なんだぞ！　リッキーだって今はもう警察犬じゃない！」

「一一〇番して、どう説明しろって？　どうせとりあわないくせに！」

日本警察なんてその程度だろ！　と怒鳴り返せば、犬飼は渋い表情で口を噤《つぐ》んだ。

「局次長！　お話し中のところ、失礼します！」

ひとりの刑事らしき男が駆けてきて、緊張しきった顔で犬飼に敬礼をする。

「緊配中の犯人を確保しました！　情報のご提供に感謝いたします！　正式なご報告は上司よ

り――」

長々とつづきそうな報告を片手で制して、犬飼は鷹揚に頷く。

「それはなによりだ。私にかまわず、現場に戻りたまえ」

「はっ！　ありがとうございました！」

駆け戻って行く刑事の姿が路地の向こうに消えてやっと、犬飼は小さく毒づいて、セットしている髪を乱すように指を差し入れた。

「犯人検挙にご協力感謝いたします。警察協力章がお出しできるよう、担当部署に駆け合っておきましょうか？」

そんなふうに言われて、杉原はむすっと腕組みをする。その杉原をふわり…と抱きしめて、犬飼は「心配させるな」と長嘆した。

「クゥン」

自分のせいで杉原が叱られているとでも思ったのか、リッキーが申し訳なさそうに鼻を鳴らす。そして、犬飼のジャケットの裾を咥《くわ》えて引っ張った。

「怒ってない。心配しているだけだ」

おまえももう現役じゃないのだから無茶はダメだと、犬飼がリッキーの前に片膝をつき、頭を撫でる。

むっつりと腕組みをしたままその姿を見ていた杉原は、犬飼に怒鳴られながらも、自分が実に愉快な気持ちでいることに気づいた。

ドキドキして、張りつめた緊張感がたまらなかった。

民間人にしゃしゃり出られては、警察はたまったものではないだろうし、犬飼の言うとおり危険であることもわかっているつもりだが、自分が今の生活の何に物足りなさを感じていたのか、気づいてしまったのだ。

何者か知れない男を拾って、かくまって、事件に巻き込まれて……犬飼と出会った経緯が経緯だから、あのときの高揚感や背徳感を、身体が覚えてしまっているのだ。

なのに、蓋を開けてみれば犬飼は、スジ者でも犯罪者でもなく、警察組織の超エリートで、内勤にまわされた結果、すっかり官僚じみてしまった。

自分は存外とワイルドでキナ臭い雰囲気を醸《かも》していたときの犬飼を気に入っていたらしいといまさら気づかされて、杉原はそういうことかと己の感情に合点する。

「主視？」

どうかしたのか？　と、リッキーの首を撫でながら犬飼が怪訝そうに見上げてくる。

スリーピースのスーツを隙なく着こなしたエリート官僚。今は少しだけ乱れた髪が額に落ちている。

その髪に手を伸ばし、滅茶苦茶に掻き乱した。

「うわ……っ、おい……っ」

セットが乱れると、途端に出会ったときの印象に近くなる。

「なんだ？」

いったいどうしたのかと目を見開く男の首に腕をまわして、嚙みつくように口づけた。

「こんなことで誤魔化されないぞ」

俺は怒っているのだと、犬飼が渋い表情をつくる。だがその目には、すでに熱のこもった光が宿っていた。

「俺を満足させないおまえが悪い」

そう言って、再びキス。

聞き捨てならないな…と眉間を寄せる男に、ふふっと挑発的な笑みを向けて、「めちゃくちゃにしていいから」と艶っぽく誘った。

「俺は仕事を抜けて来てるんだぞ」

「だったら、ここでもいい」

そんなふうに返すと、犬飼はますます渋い顔をして「遊んでるな」と吐きだした。

犬飼をやりこめることがかなって、杉原はクスクスと笑いを零す。リッキーが安堵したように「クゥン」と鼻を鳴らした。

「いいか、次に似たようなことがあっても、リッキーをけしかけるなよ」

「俺が追えって言ったわけじゃない。リッキーが追いたいって言ったんだ」

「あのな……」

呆れたやりとりを交わす飼い主の足元で、リッキーは首を傾げ、尻尾を揺らす。

「ほら、リッキーも楽しかったって言ってるぞ」

「いいかげんにしろ」

とうとう犬飼が頭を抱えて、降参の意で長嘆した。

「面倒な聴取に協力する気はあるか？」

「できれば御免こうむりたいな」

「だったら、とんずらするに限る」

そう言って、犬飼は悪戯な笑みを浮かべた。

足早に立ち去るふたりの背中に、「あ！　犬飼さんが逃げた！」と、やはり聞き覚えのある声。犬飼が警視庁にいたころの部下の松坂《まつざか》だ。

「あんなふうに言われてるぞ」

「ほうっておけ。あいつの手柄になるんだから、文句はないだろう」

なるほど、そういう取り引きをしたわけか。

ふたり見つめ合って、それから笑いを零す。

月明かりの下、軽く唇を触れ合わせ、リッキーのリードをふたりで握った。

あとがき

こんにちは、妃川螢《ひめかわほたる》です。

このたびは拙作をお手にとっていただきありがとうございます。

たいへんありがたいことにも、文庫化というかたちで旧作品に再び光をあてていただけることになり、今作はその五冊目になります。本当にありがとうございます。

この作品は、《はるなペットクリニック》を舞台の中心に、動物を愛するキャラたちの恋愛模様を描いた『恋』シリーズの第五弾となり、獣医三兄弟の恋模様を描いたあと、病院のある恋街を舞台に、病院周辺の恋愛模様へとシリーズが展開した、第二弾作品でもあります。

それぞれ単品でもお読みいただけますが、今作主人公の杉原は、前作『これが恋というものだから』の脇でいい味を出してくれていますし、今回リッキーを診察していた院長は、シリーズ第二弾の『恋をしただけ』で主役を張ってくれています。

もしお気に召していただけましたら、シリーズ作品もお手に取っていただけたらと思います。

そうそう。前作『これが恋というものだから』のあとがきに、実家に野良の通い猫が……という話を書いたのですが、少し前に帰省したところ、すっかり飼い猫に……。

でも、スレンダーな美猫だったのに、実家の両親が可愛がりすぎたようで、あれよあれよと横に育ってしまい、見る影もないとはまさしく、というありさまに。

地元で獣医をしている高校時代の友人に写真を見せたところ、「体脂肪率高そうだな」と言われてしまいました……。

「何かあったら連れてこい」と言ってくれましたが、親が不摂生をさせすぎてて、怖くて絶対に連れていけないと思ってしまいました。絶対に叱られる……。

というわけで、見た目は完全に、前作『これが恋というものだから』に登場したライそっくりになりました。いいのか悪いのか……。

最後になりましたが、イラストを担当していただきました実相寺《じっそうじ》紫子《ゆかりこ》先生、今回もありがとうございました。

可愛い主人公も大好物ですが、杉原のように素直じゃない大人キャラも魅力的です。今後とも、どうぞよろしくお願いいたします。

妃川の今後の活動情報に関しては、表紙見返し記載のＵＲＬをご参照ください。

皆様のお声だけが執筆の糧です。ご意見ご感想等、気軽にお聞かせいただけると嬉しいです。

それでは、また。どこかでお会いしましょう。

二〇一三年三月吉日　妃川螢

BUNKO

ローズキー文庫をお買い上げいただきましてありがとうございます。
この本を読んだご意見、ご感想をお寄せ下さい。

〒162-0814
東京都新宿区新小川町8−7
㈱ブライト出版　ローズキー文庫編集部
「妃川　螢先生」係　／　「実相寺紫子先生」係

恋より微妙な関係

初出　恋より微妙な関係…………アルルノベルス（2009年刊）
日常のなかの非日常………書き下ろし

2013年4月30日　初版発行

†著者†
妃川　螢

†発行人†
柏木浩樹

†発行元†
株式会社　ブライト出版
〒 162-0813　東京都新宿区東五軒町3−6

†Tel†
03-5225-9621
（営業）

†HP†
http://www.brite.co.jp

†印刷所†
株式会社誠晃印刷

ISBN978-4-86123-271-8 C0193　Printed in JAPAN